सुखांत के क्षण

सुखांत के क्षण

(आपसी संबंधों में खुशी व आनंद का तड़का)

ब्रिगेडियर पी.एस. भटनागर, AEC
MA (ECO), PG PM & IR, PG DFT, BEd

प्रकाशक

प्रभात पेपरबैक्स

प्रभात प्रकाशन प्रा. लि. का उपक्रम

4/19 आसफ अली रोड, नई दिल्ली–110002

फोन : 23289777 • हेल्पलाइन नं. : 7827007777

इ–मेल : prabhatbooks@gmail.com ❖ वेब ठिकाना : www.prabhatbooks.com

संस्करण

प्रथम, 2022

मूल्य

दो सौ रुपए

मुद्रक

आर–टेक ऑफसेट प्रिंटर्स, दिल्ली

———— ★ ————

SUKHANT KE KSHAN

by Brigadier P.S. Bhatnagar

Published by **PRABHAT PAPERBACKS**

An imprint of Prabhat Prakashan Pvt. Ltd.

4/19 Asaf Ali Road, New Delhi-110002

ISBN 978-93-5521-310-5

₹ 200.00

प्रस्तावना

इस पुस्तक के लेखों का संकलन जीवन के विभिन्न परिस्थितियों में रहन–सहन, जाति, वर्ग व संस्कृति से जुड़े अनुभवों, पारिवारिक संबंधों, मनोवैज्ञानिक विश्लेषणों, दृष्टिकोणों, सामाजिक मूल्यों के बदलते पहलुओं व सामाजिक विज्ञान के शोधकों के विचारों पर आधारित हैं, जो कि हमें समाज के बदलते परिप्रेक्ष्य व व्यवहार के साथ सहजतापूर्वक जीने की कला सीखने में सहायक सिद्ध होंगे।

जीवन में हमारा पारिवारिक व सामाजिक व्यवहार जीवन की सुख–शांति व समृद्धि निश्चित करता है। यदि हमारा व्यवहार असंगत है तो जीवन में कलह, अशांति व विभिन्न प्रकार की निर्धनता लाता है और जीवन की सुख–शांति से दूर ले जाता है।

विशेषतः हमारे अच्छे पारिवारिक संबंध जीवन में आनंद व सुखांत के क्षण लाते हैं और संबंधों में कटुता जीवन के हर क्षण में दुर्बलता, असंतुलन व अशांति लाती है।

पुस्तक के लेखों के माध्यम से हमारा यह प्रयास है कि आपके जीवन से कटुता घटे और सुख, शांति व आनंद की अनुभूति हो।

—**ब्रिगेडियर पी.एस. भटनागर**, AEC

अनुक्रम

प्रस्तावना *5*

1. सुखी पति-पत्नी एवं परिवार 9
2. परिवार में दूरी का कारण—आपसी चुप्पी 14
3. मजबूत/सशक्त परिवारों के भेद 18
4. वैवाहिक जीवन में खुशियाँ 24
5. पारिवारिक जीवन में सुंदर मेल-मिलाप 27
6. पारिवारिक जीवन में सुखांत के क्षण 30
7. प्राचीन रूढ़िवादिता एवं नवीनता 33
8. पत्नी द्वारा अतुलनीय पति की कहानी 37
9. घर के मामलों में पत्नी के पिता का दखल 42
10. दांपत्य जीवन में हलचल 45
11. पुनर्विवाहित महिला के लिए मर्यादाएँ 52
12. सुखी परिवार की मुख्य बातें 54
13. कहा-सुनी 60
14. आप अपने पति/पत्नी को कितनी अच्छी तरह जानते हैं? 64

15. पति को मूर्ख समझने की गलती न करें 69

16. क्या आप अपने वैवाहिक जीवन की जिम्मेदारियों से मुँह मोड़ रहे हैं? 72

17. पति वास्तव में क्या चाहता है? 79

18. तलाकशुदा की आत्मकथा 85

19. क्या आप अपने साथी में परिवर्तन ला सकते हैं? 91

20. पारिवारिक संबंधों के पाँच मूल मंत्र 97

21. पति पर चिल्लाएँ नहीं 106

22. परिवार के प्रति पत्नी की जिम्मेदारी 109

23. अनुभवी महिला द्वारा जवान पत्नी को सलाह 113

24. सुखी दांपत्य जीवन 119

1

सुखी पति-पत्नी एवं परिवार

पति-पत्नी एक सिक्के के दो पहलू हैं और परिवार की गाड़ी को खींचने के भी दो पहलू हैं। महिला और पुरुष दोनों का कार्यक्षेत्र अलग-अलग है। दोनों की सीमाएँ, अपेक्षाएँ, मान्यताएँ और प्रतिबंध भी अलग हैं। महिला का कार्यक्षेत्र घर है, जिसे वह सुचारु रूप से चलाकर एवं सुव्यस्थित रखकर सबके सम्मान और प्रेम का पात्र बन जाती है। पुरुष का कार्यक्षेत्र घर से बाहर है। उसे कमाकर लाना है और परिवार की आवश्यकताओं को पूरा करना है। जहाँ तक महिला का प्रश्न है, विवाह से पूर्व उसे यही बताया जाता है कि उसका कार्यक्षेत्र घर है और गृहस्थी की देखभाल करना उसका प्रमुख कर्तव्य है। उसे ज्यादा घूमने, लड़कों से ज्यादा बातें करने की अनुमति नहीं दी जाती।

जो लड़की शादी से पूर्व कड़क माहौल में रहती है, शादी के बाद स्वतंत्र माहौल पाकर एकदम पंख लगाकर उड़ने लगती है। वह प्रतिबंध न रहने का भरपूर फायदा उठाती है और पति के पंख बाँध देना चाहती है। शुरू में तो ये सब बातें सहन की जाती हैं, लेकिन जैसे-जैसे वक्त गुजरता है और पति-पत्नी एक-दूसरे के विचारों से भली-भाँति परिचित हो जाते हैं, तब उन्हें एक-दूसरे पर टीका-टिप्पणी पसंद नहीं आती।

आमतौर पर महिलाओं को यह सवाल परेशान करता है कि उनके पति उनसे राजदारी बरतते हैं। इधर-उधर की तो खूब बातें करते हैं, लेकिन उनके सामने कुछ बातें छिपा लेते हैं। पुरुष कभी-कभी राजदारी के तौर पर नहीं बल्कि, किन्हीं हितकर कारणों से महिलाओं से कुछ बातें छिपाते हैं।

राजदारी के कारण

आम हालात में पुरुषों के मुकाबले महिलाएँ जल्दी भावुक हो जाती हैं। अगर उन्हें किसी नुकसान/तकलीफ की खबर हो जाए तो उसका उन पर गंभीर प्रभाव पड़ता है। पत्नी को दुःख और तकलीफ से बचाने के लिए पति बहुत सी बातें उनसे नहीं कहते।

बहुत सी महिलाएँ अपने व्यवहार से पतियों पर यह जाहिर कर देती हैं कि उन्हें पति के संबंधियों से किसी तरह का लेन-देन पसंद नहीं है। ऐसी स्थिति में पति अपनी पत्नी को बिना बताए अपने संबंधियों से व्यवहार रखता है तथा पत्नी को इसकी भनक भी नहीं लगने देता।

मेरे पड़ोस में सोहन रहते हैं, उनकी पत्नी हमेशा उनकी शिकायतों का पिटारा खोलकर बैठ जाती है। उनकी सबसे बड़ी शिकायत है कि उनके पति उनसे चोरी-छिपे अपने रिश्तेदारों से लेन-देन करते हैं और उसे किसी बात की भनक भी नहीं लगने देते। कभी किसी से कोई बात निकल पड़ती, तब उनका पर्दाफाश हो जाता है, अन्यथा नहीं।

दूसरी तरफ गजाधर भाई हैं, उनके यहाँ बीवी की मरजी के बिना पत्ता भी नहीं हिलता। उनके अपने संबंधी आएँ या ससुरालवाले, सबके साथ समान व्यवहार होता है। पत्नी, पति के रिश्तेदारों की बढ़-चढ़कर खातिर करती है और पति भी पत्नी के मायकेवालों की बहुत आवभगत करते हैं।

इससे स्पष्ट है कि जहाँ पत्नी टाँग अड़ाती है और रोक-टोक लगाती है, वहीं इस तरह की बातें छिपाई जाती हैं। आदमी छिपकर काम तभी करता है, जब उसे विरोध या प्रताड़ना का डर होता है। कोई भी पुरुष यह नहीं चाहता कि उसे स्वयं की पत्नी के कारण, परिवार में लज्जित होना पड़े। पत्नी को भी इस बात से जरूर वाकिफ होना चाहिए कि पति को तनावयुक्त न करके स्वयं भी तनावग्रस्त न हो। हर रोग की शुरुआत तनाव से ही होती है।

श्यामा को अपने पति के बारे में शिकायत है कि जब शाम को वे काम से लौटते हैं तो मौनव्रत धारण किए हुए होते हैं तथा घर में आते ही बिस्तर पर लेट जाते हैं। दस-पंद्रह मिनट तक तो उनसे किसी की बोलने की हिम्मत नहीं होती। श्यामा का कहना है कि उसके पति घर से बाहर खूब हँसते हैं, जमकर बातें करते हैं, लेकिन घर में घुसते ही गुम-सुम हो जाते हैं। इससे श्यामा झुँझलाहट में अनाप-शनाप बकना शुरू कर देती है। श्यामा का ऐसा व्यवहार उचित नहीं है। उसे यह भी समझना चाहिए कि पति दिन भर कठिन परिश्रम करने के बाद घर वापस लौटा है और उसे विश्राम करने की आवश्यकता होती है। ऐसे में यदि पत्नी पति को कुरेद-कुरेदकर सवाल पूछेगी तो अनाप-शनाप ही जवाब मिलेगा। ऐसे में श्यामा को अपने पति के प्रति सहानुभूति का व्यवहार करना चाहिए।

घर का मतलब

घर तो आदमी के लिए सुकून और आराम की जगह होता है। मेहनत करके घर आकर उसका मन आराम करने को होता है। जब थकान उतर जाएगी तो पति अवश्य ही बातें भी करेगा और हँसेगा भी।

यह जरूरी नहीं कि घर में कदम रखते ही रामकथा ले बैठे! बहुत सी महिलाएँ यही उम्मीद करती हैं, इसीलिए अनाप-शनाप सुनती हैं।

पति से जितने सवाल पर सवाल किए जाएँगे, वह उतनी ही चुप्पी साधे रहेगा।

पत्नी, पति के इस व्यवहार पर और ज्यादा शक करती है कि पति उससे बहुत बातें छिपाते हैं तथा उससे राज बनाए रखते हैं। इससे पत्नी के मन में अनेक कुविचार और धारणाएँ उत्पन्न होती हैं। इस तरह बात बढ़ती चली जाती है और परिणाम कुछ नहीं निकलता। अतः तनाव बढ़ता ही चला जाता है। पत्नी को इतना अवश्य समझना चाहिए कि पति उसका दुश्मन तो नहीं है। पति बाहर के झमेलों और बखेड़ों का घर में जिक्र नहीं करता, ताकि उसकी पत्नी परेशान न हो। पत्नी को पति की भावनाओं का ध्यान रखना चाहिए।

शिकायत का तरीका

पत्नी वक्त और मौका देखकर शिकायत, तकलीफ, परेशानियाँ और उलझनें अवश्य बताए, ताकि उनका हल निकाला जा सके। शिकायत को नरम और शांत लहजे में समझाएँ। व्यंग्य और रूखे लहजे में चिल्लाने से नतीजे बुरे ही निकलते हैं। पति की खुशी/गम को अपनी खुशी/गम समझकर उसे तनाव से दूर रखने की कोशिश करें। अगर पति-पत्नी में कुछ कहा-सुनी हो जाए तो दोनों को उदार दृष्टिकोण अपनाकर उस बात को वहीं समाप्त कर देना चाहिए।

अगर पति राजदारी रखता है तो उसी में परिवार की भलाई है। उसका कारण है कि वह पत्नी के तनाव व मन-मुटाव को बढ़ने नहीं देना चाहता और घर को नरक नहीं बनने देना चाहता। महिला को यह किसी भी तरह नहीं भूलना चाहिए कि शादी के बाद वह पूरी तरह पति के कामों में पूरा सहयोग दे, ताकि पति भी उसे पूरी तरह से अपना जीवनसाथी माने। उसे पति की हर जरूरतों को समझकर समय से पहले ही पूरा कर देना चाहिए। अगर पति अपने किसी संबंधी की आर्थिक मदद करना चाहता

है तो पत्नी को बुरा नहीं मानना चाहिए, बल्कि उसके इस कार्य में अपना भरपूर सहयोग देना चाहिए, जिससे कि उसे अपने पति की और अधिक समीपता प्राप्त हो।

जिस पत्नी ने पति को यह महसूस करा दिया कि वही एक कामयाब पत्नी है, तो उसका पति उसकी सलाह के बिना कोई भी काम करना पसंद नहीं करेगा, तो फिर राजदारी कैसी ? दांपत्य जीवन को खुश बनाए रखने के लिए पति-पत्नी दोनों का प्रयत्नशील रहना आवश्यक है। दांपत्य जीवन तभी सुखमय और शांतिपूर्ण रह सकता है, जब दोनों इसमें अपना भरपूर सहयोग दें।

□

2

परिवार में दूरी का कारण–आपसी चुप्पी

किसी भी रिश्ते में विचारों की विविधता व मतभेद का होना एक स्वाभाविक प्रक्रिया है। फिर पति–पत्नी के करीबी रिश्ते में छोटी–छोटी बातों को अहं का विषय बनाकर आपसी संबंधों में अनचाही चुप्पी खड़ी करना कहाँ की बुद्धिमानी है! किसी समस्या पर चुप्पी लगाना, उस समस्या को अनदेखा करना है। खासकर पति–पत्नी के संबंधों में चुप्पी अलगावकारी और खतरनाक परिणाम हो सकता है। इस आदत को फौरन छोड़ देना चाहिए। कभी–कभी ऐसा होता है कि अपने वैवाहिक जीवन में थोड़े से संकट से डरकर पति–पत्नी चुप्पी साध लेते हैं। वे ऐसा सोचने लगते हैं कि हालात में सुधार की संभावना नहीं है, फिर कुछ कहने–सुनने से कोई फायदा नहीं।

बोलचाल बंद करने से किसी समस्या का हल कभी भी नहीं हो सकता, बल्कि समस्या बढ़ती है। यह जरूरी है कि मिल–बैठकर मामला निबटाया जाए। जो बात आपको पसंद नहीं तथा जैसा आप चाहते हैं, उसे साथी से कहने में न हिचकें। बातों को स्पष्ट करने के दौरान पति–पत्नी में मतभेद, तनाव और झगड़ा भी हो सकता है,

लेकिन इन सब बातों से डरकर चुप्पी न साधें, बल्कि आपसी बोलचाल स्वयं की भावनाओं की सुरक्षा के लिए जरूरी है। आपसी बातचीत मतभेदों को दूर करने में बहुत अहम भूमिका अदा करती है। आपके मन में अपने किए पर पश्चात्ताप/प्यार उमड़ रहा है, लेकिन अपने अहं के वशीभूत होकर चुप्पी साधे हुए हैं। ऐसा करना ठीक नहीं है। इसलिए ऐसा प्रयास कीजिए, जिससे कि वैवाहिक जीवन को सुखमय व खुशहाल बनाया जा सके।

डॉक्टर पति ने सफाई दी, "आज फिर लेट हो गया। क्या करूँ, मेरा पेशा ही कुछ ऐसा है मरीजों की सेवा करना मेरा धर्म है। न चाहते हुए भी मैं तुम्हें दुःखी करता रहता हूँ।"

"हाँ-हाँ, तुम अपने पेशे को देखो और मुझे उपेक्षित करते रहो," पत्नी ने नाराज होते हुए कहा।

ऐसी बातें इस परिवार की आम बात हो गई थीं। पति व्यर्थ में अपना समय बाहर व्यतीत नहीं करता, लेकिन यहाँ पत्नी द्वारा अपमानित होने के कारण वह अब देर से आने पर खेद भी प्रकट नहीं करता तथा चुप रहता है। अब केवल उतनी ही बात करता है, जितना कि जरूरी है। पति हो या पत्नी, हर कोई अपने जीवनसाथी से मीठे बोल की आशा रखता है। यदि कड़वा बोल नश्तर चुभाने लगे तो दांपत्य जीवन का असंतुलित होना जरूरी है।

अकसर यह देखा जाता है कि पति-पत्नी में अनबन हुई नहीं कि अबोला शुरू। चुप्पी से दूरी बढ़ती है। दूरी आत्मीयता और अभिन्नता घटाती है। पति सोचता है, 'मैं इसकी हर इच्छा पूरी करता हूँ, फिर वह गुमान किस बात का, दो बोल नहीं बोल सकती!' दोनों एक ही छत के नीचे बेगानों की तरह रहते हैं। चुप्पी साधकर मौका ही नहीं देते कि बातचीत द्वारा आपसी मन का गुब्बार निकाला जाए।

आपसी बातचीत गलतफहमियों को दूर करती है। जीवन में कभी-

कभी आश्चर्यचकित और चौंकानेवाला समय आता है, तब तो चुप मत रहिए, क्या यह प्रक्रिया आजीवन चलती रहेगी? जीवन एक बार ही जीना है, क्यों न सुख से जिया जाए! कोई भी पति-पत्नी यह दावा नहीं कर सकते कि उनके जीवन में कभी मन-मुटाव नहीं हुआ। यदि ऐसा नहीं है तो आपका साथी जरूरत से ज्यादा संयमित है या फिर मन-ही-मन आहत। विचारों की भिन्नता एक स्वाभाविक गुण है। जबकि इन भिन्नताओं में सामंजस्य ही पति-पत्नी के सुखमय जीवन का मूल उद्‌देश्य है।

पारिवारिक समस्याओं से न बचें, उनके बारे में गंभीरता से सोचें। आपस में विचार-विमर्श करें। असमय तैश में आना अहंकार का सूचक है, इसलिए जरूरी है कि अपने जीवनसाथी के विचारों का भी स्वागत करें, क्योंकि अनकहे मन के विचार कुंठा का रूप लेते हैं। ऐसी घड़ी में पारस्परिक समझौता रक्षा कवच का काम करता है। विपरीत स्थिति में पति-पत्नी बेगानों की तरह रहने लगते हैं।

भावनाओं को मत छिपाइए, उन्हें शब्दों में व्यक्त कीजिए। इच्छाओं को व्यक्त करना जीवन की सहजता और सरलता के लिए जरूरी है। गलतफहमियाँ तभी पैदा होती हैं, जब वे स्वीकार हों।

आपका दांपत्य सुखी बीते, इसके लिए मानसिक संतुलन बनाए रखें। यदि कोई समस्या है तो आपसी विचार-विमर्श से उसका हल ढूँढ़ें। जीवन से कभी भी निराश न हों। एक-दूसरे से शिकायत है तो मिलकर गहराई से सोचें, उन्हें दूर करने का प्रयास करें। उसी में सुख व संतोष मिलेगा। कोई भी समस्या चुप रहकर नहीं, बल्कि संयम और आपसी संवाद से सुलझाई जा सकती है।

किस पति-पत्नी में झगड़ा नहीं होता, पर बातचीत से उनका हल ढूँढ़ा जा सकता है। व्यंग्य और छींटाकशी से कलह पैदा होती है। चुप रहने से किसी भी समस्या का हल नहीं निकलता, जबकि बातचीत से

भरोसा दिलाया जा सकता है। आपके दिल में पत्नी के प्रति प्रेम है, अपनी गलती भी महसूस करते हैं, लेकिन अहं भाव के कारण तने रहते हैं। किसी भी बात को आत्म-सम्मान का प्रश्न मत बनाइए, इसलिए बोलिए अवश्य, इससे आपसी प्रेम बढ़ता है और मन में एक-दूसरे के प्रति सम्मान की भावना पैदा होती है।

□

3

मजबूत/सशक्त परिवारों के भेद

क्या सशक्त परिवारों का अब भी वजूद है ? यह विभिन्न शोधों व अपने लंबे अनुभव के आधार पर कह सकता हूँ कि कुछ औसत भारतीय परिवारों को छोड़कर, अधिकतम परिवारों का जवाब 'हाँ' में रहा है। ऐसा देखा गया है कि परिवारों की असफलता व पतन का कारण सामाजिक वातावरण एवं मीडिया की नकारात्मक सोच के प्रति अधिक रुझान रहना है। परिवार के असफल होने में परिवार के लोगों में ज्ञान की कमी का बहुत बड़ा हाथ होता है। इस विषय का गहन अध्ययन करने पर पाया गया कि नकारात्मक विचारों को दूर करने से परिवार की एकता को कायम करने में मदद मिलती है।

एक सर्वे द्वारा यह जानने की कोशिश की गई कि आखिर परिवार असफल क्यों होते हैं ? और यह भी जानना चाहा कि परिवारों ने अपना जीवन कैसे सफल बनाया ? इस शोध में यह सामने आया कि एक परिवार में यदि निम्नलिखित विशेषताएँ हैं तो वह एक मजबूत परिवार होगा—

वचनबद्धता (Commitment)

किसी भी परिवार की सफलता में सबसे बड़ी कठिनाई आती है—समय, ऊर्जा, संवेदनाओं तथा प्रेम को निवेश करने की और यही

निवेश 'वचनबद्धता' कहलाती है। व्यक्ति का परिवार सबसे पहले है। परिवार के सभी सदस्य एक-दूसरे की भलाई और खुशी को बढ़ाने में मददगार साबित होते हैं। वे परिवार को स्थायी रूप प्रदान करने की दिशा में प्रयास करते हैं।

मजबूत परिवारों में वचनबद्धता और यौन संबंधी विश्वास का अटूट संबंध है, क्योंकि विवाहोपरांत किसी भी अन्य स्त्री या पुरुष से संबंध बनाने का अर्थ है, अपने जीवनसाथी के मान-सम्मान को कम करना। एक महिला ने लिखा है कि "आप हटा दिए जाने के काबिल हैं।"

कुछ परिवारों में ऐसा देखा गया कि वचनबद्धता का सबसे बड़ा शत्रु अधिक कार्य होता है; क्योंकि कार्य करने के दौरान सबसे अधिक समय, ध्यान और ऊर्जा खपत करनी पड़ती है। एक ने उदाहरण दिया है कि, "कभी-कभी मैं महसूस करता हूँ कि हमने जो समय अपने बेटे के साथ बिताया, वह वक्त ऑफिस में बिताए वक्त से अच्छा था। तब मुझे याद आया कि उत्पादकता रिपोर्ट तो सिर्फ कुछ दिनों या कुछ हफ्तों तक ही मेरे जीवन को प्रभावित करेगी। मुझे वह करना चाहिए, जो मेरे लिए महत्त्वपूर्ण है।"

"यदि मैं अपने बच्चों का अच्छा पिता हूँ, तो संभवतः वे भी अच्छे अभिभावक बनेंगे। कुछ समय बाद अगर मैं न रहा, तब बच्चे मुझे भूल जाएँगे और वे मेरे पोतों तथा परपोतों के भी अच्छे पिता बनेंगे, क्योंकि मैं एक अच्छा पिता था।"

साथ-साथ वक्त गुजारें (Time Together)

जब 1,500 बच्चों से पूछा गया कि "परिवार को खुश रखने के लिए क्या होना चाहिए ?" तब बच्चों ने पैसा, कारों या फैंसी घरों को नहीं गिनाया। बच्चों का जवाब था, "साथ-साथ काम करना और वक्त गुजारना।" आदर्श परिवारों के लोग इस बात से सहमत हैं कि वे अपना बहुत सारा वक्त साथ-

साथ काम करने, खेलने, पूजा-पाठ में भाग लेने और साथ-साथ खाना खाने में गुजारते हैं। आप क्या करते हैं, यह इतना महत्त्वपूर्ण नहीं है, जितना साथ-साथ रहना महत्त्वपूर्ण है।

परिवार के साथ अपना कितना ज्यादा-से-ज्यादा समय गुजारते हैं, यही बात गौर करने की है, न कि आप बिल्कुल कम समय देकर उसे अच्छा और कीमती समय समझते हैं। मजबूत परिवार यह अनुभव करते हैं कि जो भी वक्त साथ-साथ गुजारें, वह अच्छा वक्त हो। समय पर्याप्त हो। जबकि कम समय में गुणवत्ता कोई मायने नहीं रखती। एक नौकरीशुदा महिला ने लिखा है कि "मैं अपनी लड़की के साथ बहुत कम समय बिताते हुए कहती हूँ कि यह समय सिर्फ 15 मिनट का था, लेकिन बहुत अच्छा समय था।" क्या यह एक बहाना नहीं है ? क्योंकि यह उसे सिर्फ समझाने वाली बात है।

प्रशंसा (Appreciation)

दूसरों द्वारा स्वयं की तारीफ सुनना, यह मनुष्य की बुनियादी जरूरत है।

हम इस निष्कर्ष पर पहुँचे कि परिवार के सदस्यों द्वारा एक-दूसरे की प्रशंसा करने से उन सदस्यों में अत्यधिक उत्साह आ गया था। एक माँ ने लिखा है कि "हर रोज रात में हम बच्चों के कमरे में जाते हैं और गर्मजोशी से गले लगाते हैं और उनका चुंबन लेते हैं। उसके बाद उन्हें हम यह कहते हैं कि आप बहुत अच्छे बच्चे हैं, इसलिए आप सभी को हम बहुत प्यार करते हैं। उनके लिए यह संदेश देना बहुत जरूरी है।"

एक नवदंपती ने बताया कि प्रशंसा ने हम दोनों के जीवन को बदल दिया है और हम दोनों शादी के शुरू में ही एक-दूसरे से भावानात्मक रूप से बँध गए। औरत ने बताया कि हम लोगों ने समाज में ऐसे दूसरे दंपती भी देखे हैं, जो अपने आपको अत्याधुनिक मानते थे। उनके स्टैंडर्ड को हर कोई

आँक नहीं सकता था। एक दंपती ऐसा भी था, जो अकसर आपस में कहा-सुनी करता था। वे हमेशा एक-दूसरे में कमियाँ निकालते और एक-दूसरे पर दोषारोपण करते। किंतु कुछ समय बाद उन्हें अपनी गलती का अहसास हुआ। उसने इसे रोकने का दृढ़ निश्चय किया। सबसे पहले उसने नए दोस्त बनाए। उसके बाद चीजों को सकरात्मक रूप से देखना शुरू किया। उसका कहना था कि "अब जब मेरे पति घर आते तो वह मुझसे कहते कि आज आप बच्चों के साथ व्यस्त रहीं। अपने बालों की कटिंग भी करवाई और बाजार से खरीदारी भी कर ली। वाह! क्या दिन गुजरा आपका!"

बातचीत अथवा संपर्क कायम करना (Communication)

मनोवैज्ञानिकों का कहना है कि बेहतर बातचीत और संपर्क के जरिए अपनेपन का अहसास होता है और तनाव से छुटकारा मिलता है। मजबूत परिवार इस बात पर जोर देता है कि अच्छी बातचीत व संपर्क एकदम से नहीं आता है, बल्कि साधारण रूप से इसमें समय लगता है और अभ्यास करना पड़ता है।

इस संबंध में एक पिता का कहना है कि "परिवारों में हलकी-फुलकी बातचीत में हम अपना काफी वक्त गुजारते हैं। कभी-कभी हम महत्त्वपूर्ण विषयों, संवेदनाओं या जीवन-मूल्यों पर बातचीत करते हैं। ऐसे में यदि हमारा बेटा मुझसे कारों और टेनिस के बारे में बातचीत नहीं करता है तो मुझे उससे स्कूल में नशाबंदी के विषय पर बातचीत नहीं करनी चाहिए।"

अच्छी बातचीत और संपर्क का अर्थ आपसी गलतफहमियों को दूर करना भी है। मजबूत परिवार एक-दूसरे के संदेशों को लिखने व समझने का प्रयास करते हैं। इस पर एक व्यक्ति ने लिखा है कि मेरी पत्नी कहती है कि शहर में क्या कोई अच्छी फिल्म लगी है? इसका मतलब है कि वह एक मूवी देखना चाहती है। मैं उसको यह बताते हुए कि कौन सी मूवी चल रही थी, उसका बिल्कुल वैसा ही उत्तर देता

था, जैसा प्रश्न था। मैंने बहुत रूखेपन से उसे मूवी जाने का सुझाव दिया। इस बात पर वह नाराज हो गई। आखिरकार हम लोगों ने ऐसी बातें करना बंद कर दिया। अब वह इशारा करने के बजाय साफ-साफ कहती है मुझे यह मूवी देखने जाना है, अब मैं भली-भाँति समझ गया हूँ कि वह क्या चाहती है ?

पूजा-पाठ (Spiritual Wellness)

पूजा-पाठ के बारे में सशक्त परिवारों का कहना है कि इससे हमें मेल-जोल, प्यार तथा दूसरों की मदद करने की भावना को बढ़ावा मिलता है।

किसी धर्मस्थान या प्रार्थना सभा की सदस्यता लेने पर उनकी पूजा-पाठ की लालसा का पता चलता है। अध्यात्मिकता यह प्रकट करती है कि व्यक्ति स्वयं अपने व आसपास के लोगों की कुशलता के लिए कितने चिंतित हैं !

मजबूत परिवार अपने दैनिक जीवन में आध्यात्मिक क्रिया-कलापों को बहुत महत्त्व देते हैं। वे जो कुछ कहते हैं, उसी का पालन करते हैं। एक सहभागी ने लिखा है कि हमारे परिवार के निश्चित जीवन-मूल्य हैं, जैसे ईमानदारी, कर्तव्य और सहनशीलता आदि। हम लोग अपने दैनिक जीवन में भी उन्हीं जीवन-मूल्यों को अपनाने का प्रयास करते हैं। मैं ईमानदारी पर बात भी नहीं कर सकता हूँ और न ही अपने इनकम टैक्स रिटर्न में धोखाधड़ी कर सकता हूँ। मैं अपनी जिम्मेदारियों पर चीख भी नहीं सकता और न ही पड़ोसी को मदद देने के वक्त अपनी पीठ मोड़ सकता हूँ। मैं यह जानता था कि मैं यदि एक पाखंडी रहा तो संतानें भी ऐसी होंगी।

मुश्किलों का सामना करना (Coping with crisis)

सशक्त परिवार भी समस्याओं से परे नहीं हैं, लेकिन जीवन की अपरिहार्य चुनौतियों के आ जाने पर सशक्त परिवार में उन पर विजय

पाने की योग्यता होती है। समस्याओं से निपटने के लिए ऐसे सक्षम परिवार विभिन्न उपाय पहले से ही ढूँढ़ लेते हैं, जिनमें सकारात्मक दृष्टिकोण और उत्कृष्ट जनसंपर्क क्षमता, आध्यात्मिक स्रोत; पर इनमें सबसे बेहतर उपाय अनुकूलता का है।

एक चालीस वर्षीय यूनिवर्सिटी के प्रोफेसर के पास जीवन की सुख-सुविधाओं को सभी चीजें थीं। वह एक परिवार का मुखिया, उसकी पत्नी और तीन बच्चे थे। अध्यापन के अतिरिक्त वह एक अच्छा लेखक भी था। उसका जीवन अच्छी तरह व्यतीत हो रहा था।

लेकिन अचानक परिवार तेजी से बिखर गया। उसकी पत्नी ने एक दिन उसका घर छोड़ने के लिए अपना सामान बाँध लिया। प्रोफेसर ने कहा कि तब मैंने अपनी जिंदगी पर नजर डाली और रो पड़ा और अपने आपको बदलने का निश्चय किया।

उसने अपने आप को बदलना शुरू कर दिया। उसने अपने परिवार के लिए वक्त निकालना शुरू किया। वह अपने परिवार के लिए भी थोड़ा वक्त निकालने लगा। नाश्ता करते समय भी वह अपने बच्चे से बातें करता था, बच्चे को गोद में लेने के लिए समय निकालने लगा। शीघ्र उसकी पत्नी उसके साथ परिवार परामर्शदाता के पास जाने को सहमत हो गई। उसकी पत्नी ने देखा कि वह अब जीवन जीने के नए रास्ते पर चल पड़ा है।

प्रोफेसर यह समझ गया कि मजबूत परिवार सभी गुणों से परिपूर्ण होता है। एक स्वस्थ परिवार वह जगह है, जहाँ हम अपने आपको आराम करने, विकास करने तथा संतान वृद्धि के लिए उपयुक्त पाते हैं। एक वह जगह, जहाँ से हमें पुनः सकारात्मक जीवन जीने के लिए शक्ति मिलती है। जैसा कि एक महिला ने कहा कि 'मैंने अपना प्यार भविष्य निधि के रूप में पाने के लिए परिवार में लगा दिया। यही एक सबसे अच्छा निवेश था, जिसे मैं कर सकती थी।'

□

4

वैवाहिक जीवन में खुशियाँ

शादी के बाद नए-नए पति-पत्नी प्यार व रोमांस में डूबे रहते हैं, उन्हें लगता है कि जमाने भर की खुशियाँ उनके कदमों तले हैं, किंतु तारीफ की बात तब है, जब खुशियों का यह सिलसिला जीवन भर जारी रहे! इसके लिए जरूरी है सच्ची निष्ठा।

राकेश शाम को अपनी पत्नी के साथ मौज-मस्ती के लिए फिल्म देखने जा रहा था। फिल्म शुरू होने में काफी समय बाकी था। पत्नी ने आग्रह किया कि पास ही उनके भाई-भाभी का घर है, जब यहाँ आए हैं तो कुछ समय वहाँ भी होते चलें। राकेश ने भी हामी भरी और कुछ ही देर में वे सुरेंद्र के घर पहुँचे। वहाँ पहुँचने पर घर के अंदर का दृश्य दूसरा ही था। मधु रो रही थी। घर का सामान इधर-उधर पड़ा था। हम पहले भी सुरेंद्र और मधु का झगड़ा सुन चुके थे।

हमने उन दोनों से कुछ पूछना उचित नहीं समझा और बैठक में बैठ गए। हमने जैसे-तैसे चाय समाप्त की और वापस आने का वादा करके फिल्म देखने चले गए। रास्ते भर राकेश और उसकी पत्नी का ध्यान सुरेंद्र और मधु के जीवन में ही उलझा रहा। आखिर इतनी खुशगवार जिंदगी जीनेवाले ये दंपती अपने वैवाहिक जीवन की खुशियों को तारोताजा क्यों नहीं रख पाए? वैसे तो झगड़ा हर पति-पत्नी में

होता है, लेकिन ये दोनों अपने जीवन की खुशियों को काफी समय तक नहीं टिका पाए थे।

जीवन में छोटी-बड़ी घटनाएँ होती ही रहती हैं, जिन्हें महत्त्व न देकर दांपत्य जीवन को सर्वोपरि मानकर आपसी समस्या का हल निकालना चाहिए। लंबे विवाहित जीवन की खुशियों में जो भी बाधाएँ आएँ, उन्हें पति-पत्नी दोनों को समझौतावादी रुख अपनाकर अपने प्यार भरे जीवन को बचाना चाहिए। जब भी कभी पति-पत्नी के जीवन में रूखे और मन-मुटाव जैसे क्षण आएँ, तो दोनों ही आपस में दोषारोपण न करके, अपने जीवन को कैसे सुंदर और मधुर बनाया जाए, का प्रयास दोनों को ही करना चाहिए। कभी-कभी ऐसा भी होता है कि मित्रों, संबंधियों, पड़ोसियों तथा सहकर्मियों के साथ व्यस्त रहते हुए पति-पत्नी यह भूल जाते हैं कि उनका एक-दूसरे के प्रति भी कोई कर्तव्य होता है, उसे अनदेखा नहीं कर सकते।

वैवाहिक जीवन की ताजगी और आनंदपूर्ण क्षणों को काफी समय तक कायम रखना है, न कि उसकी सीमा अवधि को कम करना। इसलिए यह आवश्यक है कि पति-पत्नी को मधुर संबंधों को बहुत लंबी स्थिति तक कायम करने के लिए उन्हें एक-दूसरे के विचार, भावनाएँ और अच्छाई-बुराई को हमेशा ध्यान में रखना चाहिए। साथ ही, समय की नजाकत को भी मद्देनजर रखना चाहिए। यदि कभी गरमा-गरमी का माहौल बन भी जाता है तो दोनों में से एक धैर्य और बुद्धि-विवेक से शांत रहना चाहिए। उस पल को किसी भी तरह बिताएँ, जिससे कि संबंधों में किसी भी प्रकार का तनाव न हो। जब यह तनाव आरंभिक अवस्था में हो, तभी इसकी रोकथाम कर ली जाए, इससे संबंधों में तनाव बार-बार उत्पन्न नहीं होता।

एक-दूसरे की रुचियों को ध्यान में रखना, एक-दूसरे की रुचि व कमियों को प्यार से समझना और आपसी सामंजस्य बनाए रखना, एक-

दूसरे का आदर करना एवं एक-दूसरे के प्रति समर्पण की भावना आदि ऐसी बातें हैं, जो दांपत्य जीवन के आधार को सुदृढ़ बनाती हैं। इसी प्रकार जब पति पत्नी के प्रति एक अच्छे हम साथी का रोल अदा करता है तो पत्नी भी कभी उसे निराश नहीं करती।

आलोचना से बचें

पति-पत्नी को भूलकर भी कभी एक-दूसरे की तीखी आलोचना नहीं करनी चाहिए, बल्कि अपने कार्यों से एक-दूसरे के जीवन में नवीनता और आकर्षण बनाए रखना चाहिए। समय-समय पर मनोरंजन, पर्यटन और सैर-सपाटे में पति को पूरा सहयोग दें। आपसी व्यवहार ऐसा हो, जिससे दांपत्य जीवन पुराना पड़ जाने पर भी उसमें हमेशा नएपन का समावेश हो।

□

5

पारिवारिक जीवन में सुंदर मेल-मिलाप

कहा जाता है कि पति–पत्नी आपस में एक–दूसरे के प्रति जितने ज्यादा खुले विचारोंवाले, सच्चे और एक–दूसरे को सबकुछ बता देनेवाले होते हैं, उनका वैवाहिक जीवन उतना ही ज्यादा मजबूत और संतोषजनक होता है। यह भी आवश्यक नहीं कि अपने रहस्यों को एक–दूसरे को बताएँ, जिससे कि उनके जीवन में जहर घुल जाए। इसीलिए पति–पत्नी के पुराने प्रेम–प्रसंग उनका अपना व्यक्तिगत खजाना है और उन्हें किसी भी कीमत पर अपने वर्तमान वैवाहिक जीवन में नहीं आने देना चाहिए, इससे उनका रचा–बसा वैवाहिक मधुर संसार काँच की तरह ध्वस्त होकर बिखर जाएगा।

कई दिनों से परेशान रहनेवाली कामकाजी कांता ने अपने पति राकेश से कहा, "मुझसे बहुत बड़ी गलती हो गई, तुम मुझे माफ कर दोगे?" पति ने पत्नी को ढाढ़स बँधाते हुए कहा, "क्या तुम मुझे इतने संकीर्ण विचारोंवाला समझती हो? मुझे अपना समझते हुए यह बताओ कि क्या बात है?" कांता ने अपने पति पर विश्वास करते हुए सारी घटना राकेश को बता दी और आगे नौकरी न करने का निश्चय करते हुए उसने स्वयं के विचारों से पति को अवगत कराया। राकेश ने ऐसा कभी सोचा भी नहीं था, इसलिए ऐसी घटना सुनकर क्रोध के

आवेश में पत्नी को भला-बुरा कहने लगा और उसे हमेशा के लिए छोड़ दिया।

कांता अपने अपराध से शर्मिंदा थी और पति को सत्य न बताकर उसे धोखे में नहीं रखना चाहती थी। कांता अपने पति को ईमानदारी से सारी बातें बता देती है। उसकी बातें सुनकर पति ने उसे क्षमा नहीं किया, उलटा उसे चरित्रहीन और कुलटा ठहराया।

अतः पति-पत्नी को अपने संबंधों के बीच में अपनी एक पहचान बनानी चाहिए। उन्हें सोच-समझकर अपनी बातें एक-दूसरे को बतानी चाहिए। झूठ की नींव पर प्रेम की इमारत तैयार नहीं की जा सकती है, लेकिन आपस में प्रेम को स्थायी रखने के लिए चतुराई और दूरदर्शिता से काम लेना चाहिए। इसके लिए यह जरूरी है कि कुछ बातों को अपने आप तक ही सीमित रखें।

पति-पत्नी को एक-दूसरे को कौन-कौन सी बातें नहीं बतानी चाहिए? एक-दूसरे की विद्वत्ता और शक्ल-सूरत पर ऐसी कोई बात न कहें, जिससे दूसरे को ठेस पहुँचे। पति जिस चीज को बदल सकता है, उसके बारे में पत्नी को प्रयास करना चाहिए। अगर आपसी संबंधों में कोई समस्या है तो उसे स्पष्ट करना बहुत जरूरी है और यदि पति की कोई मनोवैज्ञानिक समस्या है तो उसे अपने आप तक सीमित रखें तथा अपने पति की कमजोरियों को किसी बाहर के व्यक्ति के सामने व्यक्त न करें, बल्कि उन्हें दूर करने का प्रयास करें।

पुराने प्रेम-प्रलापों को आपस में व्यक्त न करें, क्योंकि इससे पति के अहं को चोट पहुँच सकती है, इसलिए इन्हें अपने तक सीमित रखें। अगर पति आप से पिछले जीवन/प्रेम के बारे में पूछता है तो ऐसे प्रश्नों के उत्तर में वे बातें टाली जा सकती हैं, जिससे आपको लगे कि इन्हें सुनकर आपके पति को आघात पहुँच सकता है। पत्नी को अपने वे विचार व स्मृतियाँ गुप्त ही रखनी चाहिए, जिनको प्रकट करने में कोई नुकसान हो।

अच्छे वैवाहिक संबंधों में भी पति-पत्नी को एक-दूसरे से समस्या हो सकती है। जैसे पति ऑफिस से थका-माँदा घर आता है और पत्नी उसकी ओर कोई ध्यान ही न दें। व्यंग्य और कटाक्ष पति के मन में घर कर सकते हैं।

अकसर अपने किसी राज के बारे में जब पति को हमराज बनाया जाता है तो उसके पीछे अपराधबोध की भावना से मुक्ति की भावना निहित होती है। लेकिन पत्नी जिस अपराधबोध से मुक्त होने के लिए कहती है, उससे उनके संबंधों पर क्या प्रभाव पड़ेगा, इस बारे में अच्छी प्रकार से सोच-समझकर विचार करना जरूरी है।

यदि आप संबंधों में समीपता लाना चाहती हैं तो सबसे पहले यह ध्यान रहे कि जो आप पति को बताने जा रही हैं, उससे आप पति के समीप आएँगी या दूर जाएँगी? अगर दूर जाने की संभावना है तो बेहतर होगा कि आप चुप रहें। इसलिए वह जरूरी है कि पति-पत्नी को अपने प्रयासों से जीवन में प्यार और मधुरता को बनाए रखने के लिए हमेशा प्रयत्नशील रहना चाहिए।

□

6

पारिवारिक जीवन में सुखांत के क्षण

टॉल्स्टॉय ने एक बार कहा था, "मैं पिछले 60 वर्षों से औरतों के बारे में अपना मूल्यांकन नीचे गिराता जा रहा हूँ। मगर खेद है कि मुझे उनके बारे में अपनी धारणा और नीचे लानी होगी।" वास्तव में उस महान् लेखक को जीवन भर अपनी पत्नी से कड़वा संघर्ष करना पड़ा।

टॉल्स्टॉय के पास सुखी और सफल जीवन के सारे साधन मौजूद थे। वह बहुत बड़ा जागीरदार था। उसके पास अपार दौलत थी, नौकर-चाकर थे। वह विश्व प्रसिद्ध लेखक था। उसे एक स्वस्थ और लंबा जीवन मिला था। रूसी लोगों के मन पर वह छाया हुआ था, लेकिन उसका पत्नी से हर विषय पर मतभेद बना रहता था। टॉल्स्टॉय अपनी पुस्तकों से कमाए हुए धन को अपने गरीब नौकरों और किसानों में बाँट देना चाहता था। इसलिए उसकी पत्नी उसके खिलाफ रहती थी। वैवाहिक जीवन के आखिरी वर्षों में प्रतिदिन उन दोनों में बात-बेबात झगड़े होते रहते थे। अनेक बार उसकी पत्नी ने आत्महत्या करने का प्रयास किया तथा अनेक बार वह भी घर से रूठकर भागा। एक बार तो वह आधी रात को घर छोड़कर भाग गया और भयंकर सर्दी में एक रेलवे स्टेशन पर बैठे हुए उसकी मृत्यु हो गई। इतना होने पर भी टॉल्स्टॉय की

पत्नी ने अपनी गलती महसूस नहीं की। वह अंत तक कहती रही कि टॉल्स्टॉय ने उसे दु:खी करने के लिए ही जान दी थी।

कितने माता-पिता अपने बच्चों को उपदेश देकर सही मार्ग पर लाने की कोशिश करते हैं! कितने पति-पत्नी जीवन भर एक-दूसरे को बदलने के लिए तर्क और उदाहरण देते रहते हैं! क्या उपदेश देकर और तर्क-वितर्क करके कोई अपनी बात मनवा पाया है?

हम सभी का अनुभव है कि कई बार आत्म-विश्लेषण करने पर हमें अपना दृष्टिकोण गलत महसूस होने लगता है और हम अपनी विचारधारा बदलने के लिए तैयार हो जाते हैं। अगर कोई आदमी हमें गलत साबित करने की कोशिश करता है तो बात उलटी हो जाती है। ऐसी हालत में हम अपनी बात पर अड़ जाते हैं और पूरी ताकत से हम अपने विरोधी की बातों का खंडन करने लगते हैं। तब यह हमारे लिए इज्जत का सवाल बन जाता है कि हमारी बात नीचे न होनी पाए, भले ही हमारे तर्क खोखले हों। हमारे आत्म-सम्मान का तकाजा है कि हम उसकी रक्षा करें।

जन्म के बाद माता-पिता, परिवार का वातावरण, साथ खेलनेवाले बच्चों का व्यवहार, स्कूल के अनुभव, अध्यापकों का आचरण, पड़ोसी, रिश्तेदार, फिल्में, पुस्तकें तथा अन्य असंख्य बातें मनुष्य के व्यक्तित्व का निर्धारण करती हैं। यह सारी बातें कभी एक समान नहीं हो सकतीं। हर एक की अपनी दुनिया अलग-अलग होती है। फिर भी हम यह क्यों मानकर चलें कि हमारे विचार शाश्वत, अपरिवर्तनीय व सत्य के प्रतिनिधि हैं? हमें यह नहीं भूलना चाहिए कि हमारी मान्यताएँ केवल 10 प्रतिशत बौद्धिक होती हैं और 90 प्रतिशत भावात्मक झुकावों से बनती हैं। यहाँ तक कि प्राकृतिक तथ्यों के बारे में हमारा ज्ञान संयोग पर निर्भर करता है। तात्पर्य यह है कि हमें अपने संपर्क में आनेवाले हर आदमी को बदलकर अपने समान बनाने का तनाव नहीं झेलना चाहिए, क्योंकि किसी भी तर्क, उपदेश या बहस से एक आदमी दूसरे आदमी का व्यक्तित्व नहीं बदल सकता है।

महत्त्वपूर्ण बात यह है कि किसी अन्य तरीके से हम दूसरों को अपने अनुकूल बना सकते हैं। यदि हम इस कला का विकास कर लें, तो जीवन में सफलता बहुत सुगम हो जाएगी। मनुष्य के अलावा अन्य जीव-जंतु भी प्रेम, सहानुभूति और मित्रता के भूखे होते हैं। किसी की बात को ध्यान से सुनना सबसे बड़ी प्रशंसा है।

आप दूसरों की जिन बातों से सहमत हैं, उन पर उत्साहपूर्वक अपनी सहमति व्यक्त कीजिए। ऐसा होने से प्रतिपक्षी में आपके प्रति सद्भावना पैदा होगी और बाद में वह आपकी असहमति पर भी विचार करेगा।

आपके और आपकी पत्नी के विचारों में भिन्नता हो सकती है। इसलिए आपको उसके विचारों को समझना चाहिए। ऐसा करने से कटुता निर्माण नहीं होगी और दांपत्य जीवन सफल होगा। यही जीवन की सफलता का मूल मंत्र है।

□

7

प्राचीन रूढ़िवादिता एवं नवीनता

आजकल लोगों में साधारणतः यह धारणा बन गई है कि उच्च शिक्षा प्राप्त लड़कियाँ कुशल गृहलक्ष्मी सिद्ध नहीं हो सकती हैं, इसलिए कम पढ़ी-लिखी लड़कियों को लोग अधिक पसंद करते हैं। लेकिन ऐसा कोई निश्चित फॉर्मूला नहीं है, जिसके आधार पर यह कहा जा सके कि कम पढ़ी-लिखी लड़की ही अच्छी बहू सिद्ध होगी। मानवीय संबंधों में गणित नहीं चलता। यदि ऐसा होता तो साहित्य में इतनी विविधता, विपुलता और व्यापकता नहीं होती। गरीब घर की लड़की शैतान सिद्ध हो सकती है और अमीर घर की लड़की शालीन। बिना दहेज आई लड़की कलह प्रिया हो सकती है और शहर की लड़की सरल। अनपढ़ लड़की कुशल गृहिणी हो सकती है और पढ़ी-लिखी लड़की मूर्ख एवं फूहड़।

कहते हैं कि बैर, प्रीति और विवाह बराबरवालों में ही शोभा देता है, किंतु आज इसमें भी बदलाव आया है। असल में लड़की के आचरण का मूल आधार उसमें पड़े संस्कार हैं, जो उसे अपने परिवार, विद्यालय और वातावरण, संगति से मिलते हैं। संस्कार विभिन्न परिस्थितियों में भी स्थिर और स्थायी रहते हैं। इन संस्कारों में परिवर्तन लाने के लिए लंबी अवधि, धैर्य और कठिन तपस्या की आवश्यकता होती है।

टूटती अवधारणा

पहले लड़की को यह सिखाया जाता था कि पति कैसा भी हो, वह उसका परमेश्वर है और ससुराल से उसकी अरथी ही निकलनी चाहिए। किंतु आज यह सीख सर्वथा अप्रासंगिक है। ज्यादा पढ़ी-लिखी बहू तो इसे मूर्खता और रूढ़िवादी विचारों की ही संज्ञा देती है। वह कानून से परिचित होती है और अपने अधिकारों के लिए लड़ती हुई चालाक पुरुष की भाँति कर्तव्यों से दूर रहती है।

साधारण शक्ल-सूरत का मोहन बी.ए. करने के बाद फौज में भरती हो गया। उसने निर्धन घर की हाईस्कूल पास सुंदर लड़की शीला से बिना दहेज के शादी की। मोहन पैसे के अभाव के कारण स्वयं ज्यादा नहीं पढ़ सका, लेकिन उसने शीला को पढ़ाया। शीला प्रखर बुद्धि की थी। उसने आगे पढ़ते हुए राजनीति शास्त्र में एम.ए. प्रथम श्रेणी में पास किया और डिग्री कॉलेज में प्रवक्ता नियुक्त हो गई।

अब शीला का आत्मविश्वास और सौंदर्यबोध जाग्रत् हुआ। साथ ही उसका बौद्धिक और जीवन स्तर भी ऊँचा हो गया। वह संपूर्ण अतीत और मोहन के एहसान को भूल गई थी। उसने स्पष्ट कह दिया कि उसे मोहन की सूरत अच्छी नहीं लगती और उसके साथ सभा-सोसाइटी में नहीं जा सकती। वह मोहन से तलाक लेने के बारे में सोचने लगी। उधर मोहन को भी पछतावा हो रहा था।

अधिक पढ़ी-लिखी बहू तर्क में निपुण होती है। सही बात पर वह शेरनी हो जाती है और गलत बात पर भी वह दबना नहीं चाहती है। शिक्षा का गर्व उसे समझौता नहीं करने देता। वह अभावों में नहीं रह सकती। उसे गैस, टी.वी., फ्रिज, मिक्सर, कूलर और स्कूटर जैसी आधुनिक सुविधाएँ अवश्य चाहिए। मुसीबत के समय वह पति का उत्साह नहीं बढ़ाती, बल्कि अपने दिनों को कोसते हुए पति की टाँग खींच लेती है। पति के असमर्थ होते हुए भी उसे भौतिक सुविधाएँ यथाशीघ्र चाहिए।

अधिक पढ़ी-लिखी बहू अपने बच्चों पर परिवार के किसी अन्य सदस्य का अधिकार स्वीकार नहीं करती। वह सास-ससुर को भी अपने बच्चों पर नाराज नहीं होने देती एवं पति को भी बच्चों पर किसी प्रकार की नाराजगी व्यक्त नहीं करने देती, चाहे स्वयं वह बच्चों की हड्डी-पसली एक कर दे।

जिन परिवारों की संस्कृति ग्रामीण होती है, उन्हें ज्यादा पढ़ी-लिखी बहू से बहुत निराशा होती है। वह पारिवारिक कार्यों में दक्ष नहीं होती। यदि वह कुछ सीखना भी चाहे तो हँसी का पात्र बनती है। ऐसे में उसे बहुत आत्मग्लानि होती है और तब तक समय निकल चुका होता है। पढ़ी-लिखी बहुएँ स्नेह, सम्मान और समर्पण के स्थान पर अधिकार, असहयोग और अहं की पक्षधर होती हैं। उन्हें पुस्तकीय ज्ञान बहुत होता है, लेकिन व्यावहारिक कुशलता में शून्य होती हैं। असल में वे पढ़ी-लिखी तो होती हैं, लेकिन गुणी नहीं होतीं।

सभी उच्च शिक्षित बहुएँ ऐसी नहीं होती हैं। कुछ तो शिक्षा को सचमुच सार्थक सिद्ध करती हैं। एक गरीब परिवार के लड़के ने अपनी सहपाठिन एम.एस. से इस शर्त पर कोर्ट मैरिज की कि शादी के बाद वह अपने घर नहीं जाएगी। कोर्ट मैरिज के बाद वधू अपने पति के घर चलने लगी तो उसके माता-पिता ने उसे प्रश्न भरी दृष्टि से देखा।

शादी के बाद ससुराल ही तो मेरा घर है। वादे के अनुसार मैं अपने घर जा रही हूँ। बहू के ऐसे शब्द सुनकर उसके सास-ससुर बहुत खुश हुए, किंतु उसके माता-पिता अब भी नाराज थे। कोर्ट के द्वार पर माँ ने अपनी बेटी को समझाया, "जो कुछ हुआ सो हुआ, अब ससुराल में जो भी कमी तुझे दिखाई दे, उसे हम पूरा करेंगे।" यह सुनकर बेटी बोली, "माँ, मेरे ससुराल में कोई कमी नहीं है। यदि कोई कमी होगी, तो भी आप लोगों से कुछ नहीं लूँगी।" मैं कम में भी गुजारा कर लूँगी। पिता ने पूछा, "घर कब आएगी?" वह बोली, "पहले आप मेरे घर आएँ। मेरे

सास–ससुर से ससम्मान बात करें, तभी मैं उनकी आज्ञा से आपके घर आऊँगी।" बहू की ऐसी बातें सुनकर गरीब सास–ससुर की आँखों में प्रसन्नता के आँसू छलक आए।

पहले, लोगों की धारणा थी कि बेटी के घर का पानी पीना नरक जाने के समान है, लेकिन आजकल भाई–भाभी, माता–पिता किसी को भी बेटी–दामाद की आमदनी का उपभोग करने में कोई आपत्ति नहीं है। यह आज के विकासशील परिवार की धारा है।

□

8

पत्नी द्वारा अतुलनीय पति की कहानी

सुरेश डी. भोसले से पहली बार मिलने पर मैंने उनसे पूछा कि उनके नाम के बीच वाले अक्षर से क्या तात्पर्य है ? यह सुनते ही वह बोले, 'प्रश्न अच्छा है।' दो घंटे बाद मैंने उन्हें बार में बैठे देखा। वे कुछ लिख रहे थे। पूछने पर वे बोले, 'मैं विवाह में शामिल होनेवाले अतिथियों के नामों की सूची तैयार कर रहा हूँ।'

हमारा विवाह सर्दियों में 26 दिसंबर को हुआ था। उस दिन बारिश थी। मंदिर में भीगा हुआ पहुँचने की अपेक्षा मैंने पड़ रही मूसलधार बारिश के रुकने की प्रतीक्षा की। इस प्रकार मैं मंदिर 22 मिनट देरी से पहुँचा। मंदिर में सुरेश ने प्रश्न किया, आपको देर कैसे हुई ?

जब मैंने सुरेश के जीवन चरित्र के बारे में लिखने की सोची तो मेरी समझ में नहीं आ रहा था कि मैं क्या लिखूँ? मैं सुरेश के बारे में ज्यादा बढ़ा-चढ़ाकर भी नहीं लिख सकती थी, क्योंकि उसके बारे में इस प्रकार लिखना, उसके साथ मजाक करना था। आज भी परिवारवाले या मित्र उसकी याद करके खूब हँसते हैं। सुरेश पर कुछ लिख सकूँ इसलिए मैंने उन लोगों की रचनाएँ पढ़ीं, जिन्होंने लोकप्रिय व्यक्तियों के बारे में लिखा है।

वह ग्रेजुएट परीक्षा में प्रथम आया था : सुरेश के बारे में इतना जानना काफी न था। वह पढ़ाई में बहुत अच्छा था। उसे केवल एक

बार हाईस्कूल की परीक्षा में 17 प्रतिशत अंक मिले थे। कम अंक मिलने का कारण था कि जब शिक्षक ब्लैकबोर्ड पर रसायनशास्त्र के इक्वेशन पढ़ाते, उस समय वह सिनेमा की सूची देखता था।

व्यापारी दुनिया में उसकी कामयाबी बड़ी शानदार थी : सुरेश पहले पानी के जहाज की कंपनी में सेल्समैन था। कड़ी मेहनत के बावजूद भी उसे कमीशन नहीं मिलता और वेतन भी बहुत कम था। वह कहता था कि उसके पेशे में अन्य फायदे अधिक हैं, जैसे अगर वह जहाज पर रहे तो हर दो साल में वह जहाज की प्रथम श्रेणी से संसार भर में घूम सकता है। लेकिन उसके लिए सबसे बड़ी परेशानी की बात थी कि उसके पास इतने पैसे नहीं थे कि वह जहाज के स्टीवर्ड को टिप दे सके।

इसके बाद उसने श्रवण यंत्र (हियरिंग एड्स) बेचने का काम शुरू किया। जब वह श्रवण यंत्र के पुरजे घर लाया, तब बड़ा अजीब लगा। वह जिस कंपनी के श्रवण यंत्र बेच रहा था, उस कंपनी ने उससे यह नहीं कहा था कि वह श्रवण यंत्र खरीदने की क्षमता रखनेवाले व्यक्ति के कानों की मोम पर छाप ले।

छाप के अभ्यास के लिए उसने अपनी पत्नी को पहला मरीज बनाया। उस समय सुरेश की बच्ची, रानी छह हफ्ते की थी। उसकी पत्नी बच्चे को पलंग पर बैठकर दूध पिलाती और सुरेश 'हिलो मत' कहते हुए अपनी पत्नी के कान में पिघलता मोम डालता। जब मोम सुख जाता, तब वह मोम को डोरी से खींचता, जिससे कि मोम पर कान की छाप बन जाए। लेकिन ऐसा करने में उसे कभी-कभी सफलता मिलती।

कुछ दिनों बाद वह पुनः अपने पर्यटनवाले व्यवसाय पर लौट गया। जब वह मरा, उस समय वह इंडियन एयर लाइंस में क्षेत्रीय प्रबंधक था।

वह ऐसा पति था, जिसकी तुलना नहीं की जा सकती : आजकल के जमाने के पति जैसे अपनी पत्नी के साथ शॉपिंग करने जाते हैं, घर का कामकाज देखते हैं, वैसे मेरे पति नहीं थे। हमारी सबसे बड़ी बच्ची रानी का जन्म 39 वर्ष पहले हुआ था। उस समय वे मेरे साथ अस्पताल आए थे। लेकिन डिलीवरी होने में देर थी, इसलिए अस्पतालवालों ने उनसे कहा कि वे घर जाएँ और आराम करें। यह सुनकर वे घर लौट गए और दूसरे दिन वापस अस्पताल आए।

डिलीवरी का समय नजदीक आ रहा था और सवेरे से मुझे हर 30 सेकंड में दो-दो मिनट के लिए दर्द उठता था। मेरे पति चुपचाप बैठे सोच रहे थे कि वे मुझसे क्या कहें, जिससे मुझे प्रसववेदना सहने में थोड़ी राहत मिले? अंत में वे बोले, 'चलो दर्द के बीच तो तुम्हें थोड़ी राहत मिलती है।' यह सुनकर मुझे गुस्सा आ गया और मैंने उन्हें डाँटकर, तुरंत कमरे से बाहर जाने को कहा।

जब रानी छह हफ्ते की थी, तब वे मुझसे बोले कि मैं बच्ची को दूध पिलाने में तुम्हारी मदद करूँगा। तुम सिर्फ इतना करना कि मुझे बोतल साफ करके उसमें दूध दे देना। मैं उसे पिला दूँगा, लेकिन जब रात को रानी उठी, तब मुझे सुरेश को उठाने में दस मिनट लगे। उनके उठने पर मैंने उन्हें, रानी को दूध के साथ सौंप दिया और मैं सो गई। बच्ची की रोने की आवाज सुनकर कुछ मिनटों बाद मेरी आँख खुली। मैंने देखा, सुरेश गोद में बच्ची लिये आराम से सो रहे हैं और बोतल से दूध उसके कान के पास टपक रहा है।

वह ऐसा पिता था, जिसकी तुलना नहीं की जा सकती : सुरेश बच्चे सँभालने में अपनी पत्नी की मदद नहीं करते थे। वे अच्छे पिता थे। उन्होंने बच्चों को निष्ठा, विश्वास और उदारता की महानता के बारे में ही नहीं, बल्कि जीवन में अपने आपको कैसे खुश रखना भी सिखाया था। जूनियर बॉयज क्रिकेट टीम के प्रबंधक होने के नाते वे

चाहते थे कि उनके लड़कों में ज्यादा हुनर न होने पर भी उनके लड़कों की टीम ही जीते।

परिचितों के लिए वह प्रेरणास्त्रोत था : हमारी बेटी कांता के आठ महीने बाद हमारे पाँचवें बच्चे का जन्म हुआ। उसके पैदा होने के बाद मेरे पति सुरेश की छाती में दर्द उठना शुरू हो गया था। तीन हफ्तों तक हमें लगा कि शायद छाती की कोई मसल खिंच गई होगी, इसलिए दर्द होता होगा। लेकिन मैं उनसे हमेशा कहती थी कि आप डॉक्टर को दर्द के बारे में बताओ। कुछ दिनों बाद डॉक्टरों ने सुरेश की छाती की जाँच करके बताया कि वे अब दिल के मरीज हो गए हैं। इसलिए उन्हें हमेशा अपने पास दवाई की गोलियाँ रखनी होंगी। साथ ही हिदायतें दीं कि वे बस पकड़ने के लिए कभी न दौड़ें, भारी सूटकेस न उठाएँ और बच्चों को कभी न डाँटे या मारें।

एक रात जब सुरेश काम से घर लौटे, तब बच्चे उन्हें घेरकर खुशी से शोर मचाने लगे। मैं उनके खाने के लिए रुकी थी। हम सब परिवारवालों ने एक साथ मिलकर भोजन किया।

पिछले पाँच वर्षों के दौरान सुरेश को कई बार दिल का दौरा पड़ा था, लेकिन उनके मजाकिया स्वभाव में कोई कमी नहीं आई। वे हमेशा मुझसे कहते, “तुम उदास मत हो। तुम ऐसी रोती सूरत लेकर क्यों बैठी रहती हो ? मैं तो अभी जिंदा हूँ। हमने अच्छा जीवन बिताया है और इस दुनिया से सबको जाना ही है, फिर मरने से क्या डरना ?”

उनकी यादें हमेशा हमारे साथ रहेंगी : उनकी मृत्यु को 25 वर्ष हो गए हैं और बच्चे भी बड़े हो गए हैं, लेकिन ऐसा लगता है कि वे हमेशा बच्चों के साथ रहते हैं। उनकी मृत्यु के तीन वर्ष बाद जब बच्चे हाईस्कूल में थे, बड़े खुश होकर घर लौटे और बोले, “हमारे पिताजी यदि जीवित होते तो उन्हें यह जानकर बड़ी खुशी होती कि उनके बच्चों को एप्टीट्यूड टेस्ट में अच्छे अंक मिले हैं। उन्हें लगता कि उनके

सभी पाँचों बच्चे रानी, स्मिता, विनोद, कांता और संगीता उनकी तरह बुद्धिमान हैं।"

एक व्यक्ति ने अपने मित्र को फाँसी लगने से पहले कहा, "मुझे विश्वास है कि हम दोनों फिर से स्वर्ग में मिलेंगे।" मैं भी जानती हूँ कि जब मैं स्वर्ग जाऊँगी, तब मुझे वहाँ सुरेश अवश्य मिलेंगे। वह मुझे बाँहों में लेकर पूछेंगे कि मुझे देर कैसे हुई?

□

9

घर के मामलों में पत्नी के पिता का दखल

हर इनसान मानसिक रूप से किसी-न-किसी से अवश्य लगाव रखता है। उदाहरण के लिए, जैसे बेटी। वह होश सँभालते ही सबसे अधिक अपने पिता से प्रेम करती है, जो कि प्राकृतिक है। यदि बेटी को पिता का स्नेह अधिक प्राप्त होता है तो वह पिता से सबसे अधिक नजदीकी मानने लगती है। शादी के बाद भी महिलाएँ प्रायः अपने पति में पिता के गुणों को ढूँढ़ने का प्रयास करती हैं तथा पिता को पति से अधिक महत्त्व देती हैं और यहीं से पत्नी के पिता का दखल प्रारंभ होता है।

बीना के पिता अपने कार्यक्षेत्र में बहुत ही प्रतिष्ठित व्यक्ति माने जाते हैं। बड़े-बड़े अफसरों तक उनकी पहुँच है। बीना ने स्वयं अपनी पसंद के युवक से शादी की। उसका पति चाहता है कि वह स्वयं की मेहनत से तरक्की करे। उधर बीना को पिता की प्रतिष्ठा और जान-पहचान पर अधिक भरोसा है। वह चाहती है कि उसके पति हर कार्य में उसके पिता से सलाह लेकर कार्य करें। शुरू में उसने बीना को खुश करने के लिए उसके कहे अनुसार ही कार्य किया, जिसके कारण बीना के पिता हर क्षेत्र में छोटे-से-छोटे और बड़े-से-बड़े कार्य में दखल देने लगे। नतीजा यह हुआ कि घर में हर समय तनाव रहने लगा तथा दामाद और ससुर में बोलचाल तक बंद हो गई।

ससुर-दामाद का रिश्ता एक मर्यादा और औपचारिकता का रिश्ता है, जिसकी मधुरता बनाए रखना पत्नी के विवेक पर निर्भर करता है। पति और पिता दो केंद्र बिंदुओं के बीच में पत्नी को यह समझना चाहिए कि पिता के घर में उसका बचपन बीता है, लेकिन अब उसको शेष जीवन पति के साथ गुजारना है। पति को पूरा अवसर दिया जाना चाहिए कि वह स्वयं सही निर्णय ले। यदि वह पिता को पहले से ही ज्यादा अनुभवी और अच्छा सलाहकार मानती है तो पति आत्मग्लानि और हीनभावना से इतना ग्रस्त हो जाएगा कि वह चाहते हुए भी सही निर्णय लेने की क्षमता खो बैठेगा।

हमारा समाज पुरुष प्रधान समाज है। परिवार में पति के माता-पिता को घर के मुखिया का दर्जा दिया जाता है। पति को यह गवारा नहीं कि पत्नी के पिता पति के घर में दखलअंदाजी करें। इससे घर में कलह का वातावरण बनता है, जिसे पत्नी को ही झेलना पड़ता है। पत्नी के पिता का दखल चुभन पैदा न करे, इसके लिए दखल को सलाह में बदला जा सकता है। यदि सलाह से पति के पिता और घर के अन्य सदस्यों का अपमान न होता हो और पति के परिवार का फायदा होता हो तो पत्नी के पिता का सम्मान ही नहीं, बल्कि भविष्य में उनसे सलाह लेना जारी रहेगा।

एक परिचित महिला है, जिसके सास-ससुर अपनी बहू से बहुत खुश रहते हैं। बाप-बेटे, सास-बहू सभी के आपस में बहुत मधुर संबंध हैं। पति के पिता व पत्नी के पिता दोनों समधियों में बहुत अच्छी दोस्ती है। परिचित महिला चाहे या न चाहे, उसके पति एवं ससुर को पूरा भरोसा है कि उसके पिता कोई भी गलत सलाह नहीं देंगे। इसलिए हर मामले में उन्हीं से सलाह ली जाती है तथा पत्नी के पिता को पत्नी के अच्छे व्यवहार के कारण अधिक महत्त्व दिया जाता है। पत्नी को भी यह ध्यान रखना चाहिए कि वह स्वयं के पिता की, अपने पति एवं ससुर के सामने, तारीफ न करे। इससे पति के परिवारवालों को अच्छा नहीं लगेगा।

जब शादी होती है, तब सिर्फ पति-पत्नी ही आपसी संबंधों में नहीं बँधते, बल्कि दो परिवारों के सदस्यों का भी आपसी संबंध जुड़ता है। यह सही है कि दहेज देनेवाले पिता की दखलअंदाजी को खुशी-खुशी बरदाश्त कर लिया जाता है, लेकिन दहेज से भी ज्यादा महत्त्वपूर्ण बात है कि परिवार के सुख-दुःख में पत्नी के पिता की भूमिका।

पुराने समय में ही नहीं, आज भी बहुत से माता-पिता अपनी बेटी के घर का पानी तक नहीं पीते। इसके पीछे एक मकसद यह भी होता है कि वे अपनी मर्यादा बनाए रखना चाहते हैं। प्रगतिशील परिवारों में यह प्रथा खत्म हो चुकी है। पत्नी चाहती है कि पति सिर्फ उसके मायकेवालों से ही संबंध रखे और उसके पिता को बेझिझक परिवार के मामलों में दखलअंदाजी के लिए खुली छूट दे। बाद में यह दिखता है कि पति खीजकर पत्नी के पिता को सम्मान देने के बजाय, उन्हें हर मामले में दोष देना शुरू कर देता है।

अतः पत्नी के पिता की अपनी एक मर्यादा होती है। यदि वह अपनी इस मर्यादा को ध्यान में रखकर बेटी के घर में हस्तक्षेप न करे और दामाद से अपेक्षित दूरी बनाए रखे तो उन्हें दामाद एवं उसके परिवार द्वारा पूरा सम्मान मिलता है। अन्यथा पत्नी एवं उसके पिता दोषी न होते हुए भी हस्तक्षेप के कारण दोषी ठहराए जाते हैं।

□

10
दांपत्य जीवन में हलचल

जब दो लोग काफी लंबे समय तक एक साथ रहते हैं तो उनमें कुछ-न-कुछ मन-मुटाव या दरारें पैदा हो ही जाती हैं। इसलिए यह स्वाभाविक भी है कि जब यह मन-मुटाव या दरारें हद से गुजरने लगती हैं तो वैवाहिक जीवन पर भी इसका बुरा असर पड़ने लगता है और कभी-कभी तो इन कारणों से दांपत्य जीवन ही तबाह हो जाता है। इन परिस्थितियों से निपटने के लिए कुछ सुझाव हैं—

1. गुस्सा जीवन का एक सामान्य भाव है : यदि आप इस बात से सहमत हैं कि पति-पत्नी का आपसी सामंजस्य बहुत ही सुदृढ़ है तो संभवत: ही उनके बीच कभी ईर्ष्या, घृणा, गुस्से जैसे भाव उनके दांपत्य जीवन को प्रभावित करते होंगे? यही बात हम सब पर भी लागू होती है। इस प्रकार हम कह सकते हैं कि दांपत्य जीवन में आपसी सामंजस्य बहुत ही महत्त्व रखता है। इसके विपरीत, यह स्थिति तब पैदा होती है, जब आप यह महसूस करते हैं कि आपका पति या आपकी पत्नी आपके ऊपर ज्यादा ध्यान या आपकी पसंद या नापसंद पर अधिक ध्यान नहीं देता/देती है, तब हमारे मन में अपने पति या पत्नी के प्रति गलत धारणा पैदा हो जाती है। इसका मतलब यह हरगिज नहीं है कि वह आपसे प्यार नहीं करता/करती है।

हो सकता है कि आपका पार्टनर अपने कार्यालय से संबंधित या किसी अन्य कारणों से उसका मन व्यथित हो या आपकी पत्नी आपके सामने अपने मनोभावों या अपने विचारों को सही प्रकार से व्यक्त करने में असमर्थ हो। इस प्रकार की गलतफहमी को हम अन्यथा ले लेते हैं और ऐसी परिस्थितियों से भी कभी-कभी वैवाहिक जीवन दुष्कर हो जाता है। लेकिन इस प्रकार की अस्थायी असमर्थता या पति-पत्नी के बीच जो कम्युनिकेशन गैप है, उसमें आपका कोई दोष नहीं है। अतः जब कभी भी ऐसी स्थिति पैदा हो, तो इससे सहजता से निपटने के लिए अपने पति या पत्नी से दो सवाल करें—

"डार्लिंग, क्या तुम मेरी किसी बात को लेकर नाराज हो?" यदि आपको इसका निगेटिव उत्तर मिलता है तो दूसरा सवाल करें।

"अच्छा बताओ, मैं आपकी क्या मदद कर सकता/सकती हूँ?"

इतना कहने के बावजूद यदि आपको सटीक उत्तर नहीं मिल पाता है, तो फिर आप अपनी पत्नी को कुछ देर के लिए अकेला छोड़ दें। एक बात याद रखिए, ऐसा करके आपने सही वक्त और सही मौके पर अपने पार्टनर के मन में अपनी वफादारी और प्यार की अमिट छाप छोड़ दी है, जिससे आपकी पत्नी आपके प्रति और भी ज्यादा आकर्षित होगी।

2. एक-दूसरे के अधिकारों का खयाल रखें : यह सोचना उचित ही है कि विवाह के पश्चात् निश्चित रूप से हमें अपने निजी वैवाहिक जीवन में कुछ अपरिचित समस्याओं का सामना करना पड़ता है, जिसके बारे में दोनों ही पार्टनर अनभिज्ञ होते हैं। जैसे पति या पत्नी की इच्छा के विपरीत उसके सामने अपना प्रस्ताव रखना, जिसे हम मात्र स्वार्थ के अलावा और कुछ नहीं कह सकते। लेकिन कुछ दंपती ऐसे भी हैं, जो एक-दूसरे की भावनाओं/अधिकारों को ध्यान में रखते हैं। हम सभी जानते हैं कि व्यक्ति जीवन भर अपने अधिकारों की सुरक्षा करते हैं। इन छोटी-छोटी बातों को नजरअंदाज नहीं करना चाहिए।

लेकिन समझदार और विवेकी व्यक्ति अपने दांपत्य जीवन में आनेवाले उतार-चढ़ाव को गंभीरता से नहीं लेतें, बल्कि इसे भी अपनी जिंदगी का एक हिस्सा मानते हैं। इस प्रकार समझदार व्यक्ति अपने दांपत्य जीवन में घटित होनेवाली समस्याओं पर आत्मसंयम खोए बिना तुरंत परिस्थितियों से समझौता कर लेता है और अपने दांपत्य जीवन को हमेशा तरोताजा और मधुर बनाए रखता है।

3. समस्या का मधुर समाधान निकालें : ऐसे कई दंपतियों को देखा है, जो अपने वैवाहिक जीवन से बेहद परेशान और दु:खी थे और तलाक लेना चाहते थे। ऐसे मामलों में, इस प्रकार के दंपतियों की समस्याओं को हल करने की कोशिश की गई और सफलता भी हासिल हुई। अकसर ऐसे दंपतियों को मनौवैज्ञानिक तौर पर उनकी समस्याओं का हल किया जा सकता है और निष्कर्ष के तौर पर उन दंपतियों को सलाह दी गई कि उनका वैवाहिक जीवन बहुत ही मधुर और प्रगाढ़ है, यदि आप इसे बरकरार रखना चाहते हो तो आप इसे बचा सकते हैं, क्योंकि ये सब बातें आप लोगों के आपसी व्यवहार पर निर्भर करती हैं।

बदलाव/परिवर्तन में हमेशा अच्छाई नजर आती है और इस प्रकार की नई वस्तुओं में कुछ अलग ही नजर आता है। यही कारण है कि किसी नए पार्टनर को देखने पर उसमें वे सभी खूबियाँ नजर आती हैं, जोकि उसको अपनी पत्नी में नजर नहीं आती। अपनी दूसरी पत्नी के बारे में व्यक्ति संभवतया यही कहेगा—"मैं दूसरी पत्नी से उन विषयों पर भी बात कर सकता हूँ, जिन्हें मैं अपनी पत्नी से कभी नहीं कर सका।" क्यों? क्योंकि यहाँ पर किसी भी प्रकार की नोक-झोंक, तर्क-वितर्क करने का कोई स्थान नहीं होता। यह तो एक नई स्लेट के समान है, जिस पर आप जैसा चाहें, वैसा लिख सकते हैं। समय और परिस्थितियों के अनुकूल अपने आप को ढालने से सामाजिक संतुष्टि होती है। आपने देखा होगा कि प्राचीन समय में

घरों का रहन–सहन, घरों की सजावट, पहनावा तथा आम इस्तेमाल होनेवाले बरतन अधिकतर पीतल के होते थे, महिलाएँ अधिकतर घूँघट में रहती थीं। लेकिन अब इन सारी चीजों में भारी परिवर्तन हो गया है। यह परिवर्तन पिछले 15–20 वर्षों में हुआ है। हम समय के अनुसार अपने को ढालने में ज्यादा संतुष्टि का अनुभव महसूस करते हैं। बदलाव प्रकृति का शाश्वत नियम है, लेकिन इसका अर्थ यह बिल्कुल नहीं लगाना चाहिए कि हम दांपत्य जीवन में आनेवाली कठिनाइयों का समाधान करने के लिए पहली स्त्री को बदलकर 'दूसरी स्त्री' रखकर कर सकते हैं।

उपर्युक्त मामलों में मात्र पार्टनर के बदल देने या दूसरी शादी करने से आपके दांपत्य जीवन की परेशानियों को हल नहीं किया जा सकता। हमने उन अनेक लोगों से बातचीत की है, जिन लोगों ने पुन: विवाह किया था। ज्यादातर उन लोगों का जवाब था कि यदि मुझे पता होता तो अपने पूर्व के दांपत्य जीवन को मधुर बनाने के लिए यदि मैंने प्रयास किए होते तो आज यह स्थिति नहीं होती और मेरा वैवाहिक जीवन सुखमय व्यतीत हो रहा होता।

4. बदलाव लाते रहें : दांपत्य जीवन को खुशहाल रखने के लिए समय–समय पर बदलाव लाते रहें। कुछ जोड़े एक ही प्रकार के व्यवहार से ऊब जाते हैं, जिससे उनके जीवन में नीरसता आ जाती है। कोई भी चिकित्सक इस व्यवहार को बदलने के लिए आपके ऊपर दबाव डाल सकता है, लेकिन ऐसा करना भी शायद जरूरी नहीं है। क्या आप अपने दांपत्य जीवन में बदलाव लाने का निर्णय कर सकते हैं? समय की माँग और आवश्यकता को ध्यान में रखकर जो बदलाव आप करते हैं, वे आपके परिवार और दांपत्य जीवन को सुखमय बना सकते हैं, किंतु जोर–जबरदस्ती के बदलाव आपको संकट में डाल सकते हैं।

अपने दांपत्य जीवन में बदलाव लाना कोई सरल कार्य नहीं है, क्योंकि जो कार्य हम कर रहे हैं, उसकी अपनी एक गरिमा और छवि बनी हुई है। फिर भी उसमें बदलाव करने की शक्ति हम सभी में निहित है। यदि हम अपने दांपत्य जीवन में किसी प्रकार का बदलाव लाना चाहते है तो हमें सबसे पहले यह स्वीकार करना चाहिए कि हम कहीं-न-कहीं गलती कर रहे थे। लेकिन यदि आप अपने दांपत्य जीवन में बदलाव लाने की पहल करते हैं और नए सिरे से अपना दांपत्य जीवन स्थापित करते हैं तो इसका मतलब हुआ कि आपने अपने वैवाहिक जीवन का एक गतिरोध तोड़ दिया।

ब्रुस लॉरसन ने अपनी पुस्तक 'नो लोंगर स्ट्रेंजर' में एक स्त्री की शिकायत का वर्णन किया—"हम दोनों पति-पत्नी में कभी भी किसी बात पर झगड़ा नहीं हुआ। हमारे आपसी संबंध भी ज्यादा अच्छे नहीं रहे। मेरा पति काम करके शाम को लौटता है, डिनर लेने के बाद टी.वी. देखना और सो जाता है। यह सिलसिला वर्षों से चलता आ रहा है।"

"क्या आप अपने पति को प्यार करती हैं, उसकी पसंद-नापसंद का ध्यान रखती हैं?" लॉरसन ने पूछा। अपनी आँखों से आँसू गिराते हुए उसने बताया कि "मैं उसकी सभी बातों का ध्यान रखती हूँ। इसके बावजूद मुझे पूरा विश्वास है कि मेरा पति मुझसे प्यार नहीं करता। यही कारण है कि वह हमेशा इतना शांत और असामान्य सा रहता है।"

लॉरसन ने कहा, "आप ऐसा क्यों सोचती हैं कि आपका पति आपसे प्यार नहीं करता और वह किसी दूसरी स्त्री के साथ समय बिताने के बाद घर वापस आता है? शायद वह सोच रहा हो कि किसी दिन कुछ नया घटित होना चाहिए, जैसे विवाह के दौरान हुआ था! कहने का तात्पर्य यह है कि वह आपको एक नई-नवेली पत्नी के रूप में देखना ज्यादा पसंद करेगा। इस कार्य में आपको बड़े सोच-विचारकर कदम उठाना चाहिए। इसके अलावा, आप ऐसा भी

कर सकती हैं कि शाम के समय जब आपके पति डिनर लेने के बाद उनके सामने नई-नवेली पत्नी के समान नए वस्त्र पहनकर, कुछ सेक्सी अंदाज में लहराते हुए अपने पति के पास जाएँ, कुछ प्यार भरी बातें करें, उसके सुख-दु:ख के बारे में बातें करते हुए उसे अपने आगोश में ले लें। इससे आपके दांपत्य जीवन में आई दरारें कम हो जाएँगी और आप एक सफल दंपती का जीवनयापन कर सकोगी।"

स्त्री ने कहा, "यह सब देखकर वह मेरे प्रति जरूर आकर्षित होगें और हँसेंगे भी।"

कुछ दिनों के बाद लॉरसन को उस स्त्री का पत्र मिला, "क्या आप अंदाजा लगा सकते हैं कि क्या घटित हुआ होगा ? वह हँस पड़ा।"

5. अपने व्यवहार में विनम्रता लाइए : पवित्र ग्रंथ 'बाइबिल' के अनुसार, "प्यार की अपनी कोई मंजिल नहीं होती" या दूसरे शब्दों में यह भी कहा जा सकता है कि प्यार अंधा होता है। कहावत के अनुसार, "भय बिन प्रीत न होई" तात्पर्य यह है कि यदि हमारे मन में प्यार के प्रति कोई भय नहीं है तो यह प्यार सच्चा नहीं हो सकता। लेकिन यदि आपके प्यार में कोई खोट या स्वार्थ नहीं है, तो भी आप अपने सच्चे प्यार को बरकरार रख सकते हैं।

ज्यादातर प्रेमी-प्रेमिकाओं से अकसर यह कहते सुना जाता है— "मुझे माफ कर दो (ऑाई एम सॉरी)" क्योंकि जब दो व्यक्ति साथ रहते हैं तो उनके बीच कभी-कभी छोटे-छोटे टकराव होते रहते हैं। यदि आपके दरमियान ऐसी घटनाएँ होती हैं तो आप एक-दूसरे के साथ छेड़छाड़ करके जीवन का आनंद उठाते रहें।

6. अपनी सहनशीलता को बढ़ाइए : एक बार मैंने किसी को यह कहते हुए सुना था कि "प्यार उसी व्यक्ति को नसीब होता है, जो मानव प्रकृति के बनाए नियमों के अनुसार आचरण करते हैं।"

जो लोग अपने कमजोर और नीरसता भरे दांपत्य जीवन के साथ

निर्वाह करते हैं, की अपेक्षा सुदृढ़ और मधुर दांपत्य संबंध रखनेवाले लोग इस रिश्ते का भरपूर लुत्फ उठाते हैं।

विवाह दो अनजान और स्वभावगत विलक्षण के आधार पर दो लोगों का संबंध होता है। दूसरे शब्दों में हम कह सकते हैं कि विवाह दो आत्माओं का मिलन होता है। अतः यह जरूरी नहीं होता कि दांपत्य जीवन में पदार्पण करनेवाले पति-पत्नी का स्वभाव एक जैसा ही हो। संसार के सभी प्राणियों का आचरण एक जैसा नहीं होता है। एक समान जाति और लिंगवाले प्राणियों के स्वभाव में भी काफी अंतर देखने को मिलता है, लेकिन यदि पति-पत्नी दोनों ही लोगों की आपसी सहनशक्ति अच्छी है तो उनके जीवन में इन अंतरों का कोई मायने नहीं रहता। कहने का तात्पर्य है कि हमको अपने दांपत्य जीवन को तरोताजा रखने और उसमें स्थिरता लाने के लिए अपने व्यवहार और आचरण में बदलाव लाते रहना चाहिए।

□

11
पुनर्विवाहित महिला के लिए मर्यादाएँ

बदलते सामाजिक परिवेश में महिलाओं के पुनर्विवाह अब कोई नई बात नहीं रह गई है। लेकिन मुश्किल तब खड़ी होती है, जब वे अपनी पहली ससुरालवालों से भी संबंध बनाए रखती हैं।

लड़कियों में शिक्षा के प्रचार-प्रसार और जागरूकता के कारण जहाँ बहुत सी अनकही गुत्थियाँ सुलझी हैं, वहीं सामाजिक और पारिवारिक संबंधों में जटिलता भी आ गई है। पहले पति से मदभेद होते हुए भी औरतें पति का घर छोड़ने का खयाल तक नहीं करती थीं, न ही पति की मृत्यु के बाद दूसरे पुरुष से विवाह की कल्पना ही करती थीं। आज पति से थोड़े से रूठने पर वे उसे अदालत तक खींच ले जाती हैं। मृत्यु की सच्चाई और जीवन के मूल्य को स्वीकार कर पुनः विवाह भी सामान्य होने लगे हैं। विवाह के बाद कोई भी लड़की नए रिश्तों में बँध जाती है। बहू, भाभी, मामी, देवरानी, जेठानी, ताई, चाची और सबसे महत्त्वपूर्ण रिश्ता पत्नी का।

कोई पति किसी तरह यह तो स्वीकार लेगा कि उसकी पत्नी पहले किसी और की पत्नी थी, पर वह यह किसी तरह भी सहन नहीं कर सकेगा कि उसकी पत्नी अपने पहले पति या उसके घरवालों को अभी भी अपने दिल में समाए रखे!

विवाह के बाद अपनी घर-गृहस्थी की शांति के लिए कई बार लड़कियों को मायके से भी संबंधों में एक सीमा बनानी पड़ती है। ऐसे में छोड़ी हुई ससुराल का मोह छोड़ देना ही ठीक होता है। तलाकशुदा स्त्री को पुनर्विवाह के बाद पहली ससुराल में आना-जाना नहीं रखना चाहिए और यदि पहले पति से कहीं मुलाकात हो भी जाए तो वार्त्तालाप से बचना चाहिए। पहली ससुराल के अन्य लोग भी यदि कहीं मिल जाएँ तो उन्हें प्यार दिखाने की जरूरत नहीं और न ही पहले पति को दोषी और स्वयं को निर्दोष साबित करने की जरूरत है। उनसे केवल कुशलता पूछना ही ठीक होगा।

दूसरे पति के बार-बार पूछने पर भी पहले पति के अध्याय को खोलना बाद में महँगा साबित हो सकता है। अपनी पहली ससुराल की तसवीरों और उनके द्वारा दिए गए उपहारों को सीने से लगाए रखना पति को दुःख दे सकता है। पहली ससुराल में किसी की गंभीर बीमारी या मौत की खबर पर यदि वहाँ जाना ही चाहें तो पति को अवश्य साथ लेकर जाएँ।

एक बार पुनर्विवाह होने पर पहली ससुराल से संबंधों पर पूर्णविराम लग जाना ही बेहतर है।

□

12

सुखी परिवार की मुख्य बातें

विभिन्न सामाजिक परिस्थितियों के विपरीत, आज भी सुखी एवं संपन्न परिवार अस्तित्व में हैं, पर फिर भी प्रचार-प्रसार के माध्यमों में परिवारिक जिंदगी की कमजोरियों पर ध्यान केंद्रित किया जाता है, पर क्यों?

इसका कारण सूचनाओं का अभाव हो सकता है। एक शोध के अनुसार, संपूर्ण अमेरिका के चार दर्जन समाचार-पत्रों में संक्षिप्त सूचना छपवाई गई कि "यदि आप सुखी एवं संपन्न परिवार के हैं तो हमसे अवश्य संपर्क करें। परिवार के टूटने के कारणों को हम जानते हैं, लेकिन पारिवारिक सफलता के कारणों को हम जानना चाहते हैं।"

परिणामस्वरूप यह पाया गया कि कई परिवारों ने परिवार को सुखी एवं संपन्न बनाने के लिए निम्नलिखित छह मुख्य बातों का जिक्र किया—

1. **कर्तव्य भावना :** सुखी परिवार के लिए परिवार के सदस्यों को समय देना, उनका उत्साह बढ़ाना और उन्हें प्यार देना जरूरी है। परिवार के प्रति हरेक का यही कर्तव्य है। परिवार का स्थान सर्वप्रथम है। परिवार का प्रत्येक सदस्य परिवार में एक-दूसरे की कुशलता व खुशहाली बढ़ाने के प्रति समर्पित रहता है और चाहता है कि यह बरकरार रहे।

सुखी परिवारों में कर्तव्य भावना और यौन संबंधों के प्रति वफादारी होती है और विवाह के बाद किसी अन्य से प्रेम संबंध रखना अच्छा नहीं समझा जाता। एक महिला ने लिखा है कि "विवाह के बाद किसी दूसरे के साथ प्रेम संबंध रखना, आपके जीवनसाथी के स्वाभिमान को धक्का पहुँचाता है और उसमें नीच भाव निर्माण करता है।"

काम को अधिक महत्त्व देने से परिवारों का सुख घटा है। एक पिता ने अपनी भावना इस प्रकार व्यक्त की है, "मुझे कभी-कभी ऐसा लगता है कि बच्चों के साथ समय गुजारने की अपेक्षा यदि वह समय मैं अपने कार्यालय में गुजारूँ तो कितना अच्छा होगा! यह मेरे कॅरियर के लिए अच्छा हो सकता है, लेकिन पिता होने के नाते बच्चों के लिए समय देना मैं जरूरी समझता हूँ।"

"यदि मैं अच्छा पिता हूँ तो निस्संदेह मेरे बच्चे भी अच्छे माता-पिता बनेंगे। मेरे मरने के बाद भी मेरे नाती-पोते या उनके नाती-पोतों का पिता अच्छा होगा, क्योंकि मैं एक अच्छा पिता था।"

2. **समय साथ बिताना :** 1,500 बच्चों से पूछा गया कि "सुखी परिवार के बारे में उनकी राय क्या है?" तब उन्होंने पैसे, कार अथवा आलीशान घर को महत्त्व नहीं दिया, बल्कि उन्होंने बताया कि मिल-जुलकर काम करने से परिवार खुश रह सकता है।

सुखी परिवार के लोग इससे सहमत हैं। ये लोग अपना अधिकांश समय एक साथ काम करने, खेलने, धार्मिक कार्यों में शामिल होकर एवं एक साथ भोजन करके बिताते हैं।

उनके अनुसार, आप क्या करते हैं, की अपेक्षा, आप क्या कर रहे हैं, महत्त्वपूर्ण है।

समय कितना बिताया, की अपेक्षा, समय कैसे बिताया, महत्त्वपूर्ण है। सुखी परिवारों का मानना है कि जो समय वे एक साथ गुजारते हैं, उसका अवश्य ही सदुपयोग होता है। एक नौकरी करनेवाली महिला ने लिखा है कि अपनी बच्ची के लिए बहुत कम समय दे पाने के कारण मैं अपने आप से क्षमा माँगती हूँ और कहती हूँ कि मैं केवल पंद्रह मिनट ही दे सकी। मैं अपने मन को समझाती हूँ कि मैंने उसके साथ जो पंद्रह मिनट गुजारे, वह बहुत ही अच्छी तरह गुजारे। क्या इस तरह मन को समझाना उचित है ?

3. **प्रशंसा :** दूसरों से प्रशंसा पाकर किसी भी व्यक्ति को प्रोत्साहन मिलता है। साक्षात्कार से पता चला कि परिवार के सदस्यों द्वारा व्यक्त की गई प्रशंसा हमारे अनुमान से कहीं ज्यादा थी। एक माता ने लिखा है कि हर रोज रात को हम अपने बच्चों के कमरों में जाकर उन्हें गले लगाते हैं एवं चूमते हैं। इसके बाद हम कहते हैं, "तुम बहुत अच्छे बच्चे हो और हम तुम्हें बहुत प्यार करते हैं।" हम सोचते हैं कि उनसे यह कहना बहुत जरूरी है।

दूसरे दंपती ने बताया कि प्रशंसा से उनके जीवन में बदलाव आया है। वे कहते हैं कि विवाह के तुरंत बाद ही वे गलतफहमी के शिकार हो गए थे, क्योंकि उन्होंने ऐसे दंपती देखे थे, जो ऊपर से बहुत ही आदर्श दंपती का दिखावा करते थे, लेकिन उनके आपसी संबंध अच्छे नहीं थे।

वे एक-दूसरे के दोष निकालते और अनादर करते थे, जिसका परिणाम हम पर भी हो रहा था और हमने नकारात्मक तरीके से सोचना शुरू कर दिया था।

नकारात्मक सोच को दूर करने के लिए हमने सबसे पहले नए मित्रों से पहचान बढ़ाई और सकारात्मक सोच पर बल देने लगे। अब, मेरे पति जब घर आते हैं, तब वे कहते हैं, "आज तुम बच्चों के साथ काफी व्यस्त रहीं, तुमने अपने केश भी कटाए और बाजार भी गईं।" लेकिन वे बगीचे में उग रही घास के बारे में कुछ नहीं कहते, क्योंकि वे परिवार की ओर ध्यान देना ज्यादा महत्त्वपूर्ण समझने लगे।

मेरे पति जब सेल में न जा पाने के कारण घर निराश होकर लौटते हैं, तब मैं उन्हें याद दिलाकर कहती हूँ कि पिछले तीन सेल में तो आप गए थे। आजकल हमारे पास क्या नहीं, जिसकी अपेक्षा करते हो?

4. **सकारात्मक बातचीत :** मनोवैज्ञानिक के अनुसार, सकारात्मक बातचीत से अपनत्व की भावना निर्माण होती है। यह निराशा को दूर करती है। सुखी परिवारों का मानना है कि लोग अकसर प्रोत्साहन देनेवाली बातचीत नहीं करते, जबकि वैसी बातचीत की ज्यादा जरूरत होती है।

जैसे एक पिता ने कहा है कि हम अपना अधिकांश समय फालतू बातों में गँवा देते हैं और जिन महत्त्वपूर्ण बातों पर चर्चा करनी चाहिए, उन्हें छोड़ देते हैं। हमें बच्चों के साथ उनके स्तर की ही बातचीत करनी चाहिए, न कि उन विषयों पर, जो उनसे संबंधित नहीं हैं।

दूसरों को अपनी बातें अच्छी तरह समझाने से गलतफहमियाँ दूर होती हैं। सुखी परिवार एक-दूसरे के मन को अच्छी तरह समझते हैं। जैसा एक न्यू मेक्सिको के पति ने लिखा है कि मेरी पत्नी पूछती है, "क्या आजकल कहीं अच्छा सिनेमा

लगा है," यानी मैं उसके मन की बात समझता हूँ कि वह मेरे साथ सिनेमा देखना चाहती है।

अगर मैं उसके मन की बात नहीं जानता तो उसके प्रश्न का उत्तर देकर चुप हो जाता। लेकिन मैं ऐसा नहीं करता, क्योंकि मैं उसकी भावना की इज्जत करता हूँ। इसलिए उसको साथ सिनेमा लेकर जाता हूँ।

5. **आत्म-संतोष :** कुछ लोगों को मंदिर या चर्च जाकर, कुछ को दूसरों की मदद करके, कुछ को दूसरों के प्रति प्यार और उनके सुख-दु:ख में शामिल होकर आत्म-संतोष मिलता है।

एक प्रतियोगी ने लिखा है, सुखी परिवार ईमानदारी, जिम्मेदारी और सहनशीलता जैसे आदर्शों को मानते हैं और व्यावहारिक रूप से जीवन में उनका पालन करने की पूरी-पूरी कोशिश करते हैं। ऐसा नहीं होना चाहिए कि एक ओर हम ईमानदारी का दावा करें और दूसरी ओर आयकर रिटर्न गलत भरें या जब पड़ोसी को मदद की जरूरत हो, तब मुँह मोड़ लें। इस तरह हमें ढोंगी नहीं होना चाहिए।

6. **संकट का मुकाबला करना :** सुखी परिवारों की भी समस्याएँ होती हैं, लेकिन उनमें जीवन में इन समस्याओं का मुकाबला करने की क्षमता होती है। इसके लिए आवश्यक सकारात्मक सोच, प्रोत्साहन देनेवाली बातचीत, आत्म-संतोष, परिस्थिति अनुरूप अपने आप में परिवर्तन लाना, आदि होता है।

एक 40 वर्षीय विश्वविद्यालय प्रोफेसर, जो सफल लेखक थे। उनकी पत्नी तथा तीन बच्चे थे। उनका जीवन सुचारु रूप से चल रहा था।

अचानक उसके जीवन में अनपेक्षित घटना घटी। उसकी पत्नी उसे

छोड़कर चली गई। धूम्रपान के कारण उसके भाई के गले का कैंसर बढ़ गया और उसका स्वरयंत्र (लैरिंक्स) निकाला गया। भाई की दयनीय दशा देखकर वह रो पड़ा।

परिस्थिति अनुसार प्रोफेसर ने अपने आप में परिवर्तन करना शुरू किया। उसने परिवार के लिए समय निकाला, जिससे वह अपने छोटे बच्चों के साथ घुल-मिलकर बात कर सके और उनके साथ खेल सके। प्रोफेसर में आए परिवर्तन को देखकर उसकी पत्नी वापस आ गई।

सुखी परिवार के लिए आवश्यक गुण प्रोफेसर ने जान लिये थे। अच्छा परिवार वह है, जहाँ हमें खुशी मिलती है; हमारा विकास होता है, उत्साह बढ़ता है तथा जीने की नई शक्ति एवं सकारात्मक दृष्टिकोण मिलता है। जैसे एक महिला ने कहा है कि "परिवार को मैंने पूँजी के रूप में अपना प्यार दिया है, ताकि भविष्य में उसका अच्छा फल मिले। मैं इसे सर्वोत्तम निवेश मानती हूँ।"

□

13
कहा-सुनी

जब दो व्यक्ति ज्यादा समय तक एक साथ रहते हैं तो कभी-न-कभी उनमें झगड़ा होने की संभावना रहती है। हर एक संबंधों के बीच थोड़ा-बहुत झगड़ा तो होता ही है। लेकिन जब झगड़ा बढ़ता है और गुस्सा अपनी सीमा पार कर लेता है, तब दांपत्य जीवन को खतरा पहुँच सकता है। मनोरोग चिकित्सक एवं विवाह परामर्शदाता के अनुभवों के आधार पर मैं कुछ सुझाव देना चाहता हूँ, ताकि संबंध बिगड़ने से पहले ही आप सचेत हो जाएँ—

1. क्रोध एक सामान्य मनोभाव है : पति-पत्नी यदि यह जानें कि ईर्ष्या, चिढ़ना और गुस्सा आदि स्वाभाविक भावना हैं, तो उन्हें शायद दुःख न होगा। आप महसूस करेंगे कि आपका पति/आपकी पत्नी यदि आपको हर समय प्यार नहीं करता/करती, तो इसका अर्थ यह नहीं कि उसका प्यार समाप्त हो चुका है।

हो सकता है कि पति/पत्नी कार्यालय के काम से अथवा किसी अन्य कारण से परेशान हो। ऐसी स्थिति में वह आपके प्रति प्यार नहीं जता सकता, लेकिन इसके लिए आप जिम्मेदार नहीं हैं। ऐसी स्थिति में दो प्रश्न पूछें—

"प्रिय, क्या मेरे से कोई गलती हुई है, जिसके कारण आप नाराज हैं?"

यदि उत्तर नकारात्मक है तो, दूसरा प्रश्न करें—"क्या मेरे लायक कुछ है, जो मैं आपके लिए कर सकूँ ?" यदि नहीं है तो अपने पति/पत्नी को अकेला छोड़ दें। अपने पति/पत्नी को आकस्मिक रोष प्रकट करने का अधिकार देकर आप प्रशंसनीय क्षमता का परिचय देंगे।

2. अपने हकों की रक्षा के प्रति सावधान रहें : विवाह के समय कुछ इच्छाएँ होती हैं। यदि यह इच्छाएँ अपूर्ण रह जाएँ तो अपूर्ण इच्छाओं के बारे में अपने पति/अपनी पत्नी को बताना कोई स्वार्थीपन नहीं है। लेकिन कुछ लोग अपने अधिकारों को प्राप्त करने के लिए अत्यधिक चिंतित होते हैं।

हम सभी ऐसे लोगों को जानते हैं, जो अपनी समस्याओं का निवारण स्वयं करते हैं। लेकिन कुछ बुद्धिमान लोग गलतफहमियों को अच्छी तरह से दूर करते हैं। वे आत्मशांति खोए बिना परिस्थिति से समझौता कर लेते हैं।

3. तलाक से रोकना : कई दंपती निराश होकर अपनी हार मान लेते हैं, लेकिन मेरी यह सलाह है कि आपका अभी का साथी अच्छा है। यदि आप चाहते हैं तो इस संबंध को टूटने से बचाने की कोशिश करें।

इसके बदले कोई नया साथी देखना इतना सरल नहीं है। पहले ऐसा लगता है कि पुराने साथी से नया साथी अच्छा होगा और सोचता है, वह अपने नए साथी को वह सब चीजें बता सकता है, जो अपनी पत्नी को नहीं बता सकता। ऐसा क्यों ? ऐसा इसलिए कि नए साथी के स्वभाव के बारे में उसे कुछ नहीं मालूम होता है। लेकिन इसका मतलब यह नहीं है कि उसके नए साथी के पास जो है, वह उसकी पत्नी के पास नहीं है।

अकसर अपने साथी को बदलने से मूल वैवाहिक समस्या दूर नहीं होती। वैवाहिक परामर्शदाताओं ने दूसरा विवाह करनेवाले सैकड़ों लोगों से बात की। उन्होंने बताया कि यदि वे अपनी पहली पत्नी को अच्छी तरह से जान लेते तो तलाक से बचने का पूरा व सफल प्रयास होता।

4. परिवर्तन के लिए तैयार रहें : कई दंपती अपनी आदतों को बदलने के लिए तैयार नहीं होते। सलाहकार को इस आदत को छुड़ाने का प्रयास करना चाहिए, लेकिन यह तभी संभव है, जब पति/पत्नी में से कोई एक आदत छोड़ने के लिए तैयार हों।

लेकिन यह इतना सरल नहीं है, क्योंकि व्यक्ति अहंकारी होता है। आदतें छोड़ने के लिए उसे यह स्वीकार करना पड़ता है कि गलती उसकी है। यदि आप अपनी गलती स्वीकार करें तो लड़ाई-झगड़े को टाल सकते हैं।

ब्रुस लॉरसन ने अपनी पुस्तक 'नो लोंगर स्ट्रेंजर' में एक महिला की कहानी लिखी है, जिसमें महिला ने लेखक से शिकायत की है कि उसमें और उसके पति में झगड़ा कभी नहीं होता है। "हमारा एक-दूसरे से कोई संबंध नहीं है। पति काम से घर लौटने पर भोजन करते हैं, टेलीविजन देखते हैं और सो जाते हैं। उनका ऐसा व्यवहार कई वर्षों से चला आ रहा है।"

लॉरसन ने उससे पूछा, "क्या तुम उन्हें प्यार करती हो?"

वह 'हाँ' बोलकर रोने लगी। वह आगे बोली कि उसे पूर्ण विश्वास है कि उसके पति उसे प्यार नहीं करते, अन्यथा वे इतने शांत और उदासीन नहीं रहते।

लॉरसन ने कहा कि आप ऐसा क्यों सोचती हैं कि वे रात को ही घर लौटते हैं, जबकि वे चाहें तो किसी दूसरे के साथ भी रात बिता सकते हैं। लेकिन वे ऐसा नहीं करते, क्योंकि उन्हें विश्वास है कि विवाह के समय जो खुशियाँ आपने उन्हें दी थीं, वह फिर से उन्हें आपसे मिलेंगी। भोजन के बाद कामुकता वाले वस्त्र पहनकर उसके साथ पलंग पर सोकर भी यदि आप उससे सेक्स नहीं करना चाहतीं, तो इससे और बुरी बात क्या हो सकती है?

5. नम्रता बढ़ाएँ : बाइबिल के अनुसार, "प्यार कहने से नहीं मिलता, वह तो अपने आप होता है।" हर समय डर के कारण गलती न

होने के बावजूद भी केवल इस भय से कि कहीं वह छोड़कर न चला/चली जाए, आप उसकी हाँ में हाँ मिलाते रहें तो वह प्यार प्यार नहीं होगा, न ही वह कायम रहेगा।

जब दो व्यक्ति एक साथ रहते हैं तो कभी-न-कभी उनमें मतभेद होने की संभावना रहती है। यदि आप दूसरे साथी की भावनाओं को ठेस नहीं पहुँचाना चाहते तो उससे यह कहकर क्षमा माँग लें कि मैं अपने कहे या किए पर शर्मिंदा हूँ (ऑई एम सॉरी)

6. सहनशक्ति बढ़ाएँ : एक बार मैंने सुना था कि साथी का स्वभाव जानकर, उसके अनुसार बरताव करने से प्यार मिलता है। यदि दंपती एक-दूसरे के दोषों को अनेदेखा करें एवं एक-दूसरे की भावनाओं को ठेस न पहुँचाएँ तो दोनों में प्यार बना रहता है।

मैंने ऐसे सुखी दंपती देखे हैं, जिनके विवाह से पहले विचार भिन्न थे, लेकिन विवाह के बाद उन्होंने एक-दूसरे के स्वभाव के अनुसार अपने आप को ढाला और दोषों को नजर-अंदाज किया। मनोविज्ञानी कार्ल रॉजर्स कहते हैं कि जब मैं सूर्यास्त देखने के लिए समुद्र तट के किनारे टहलता हूँ, तब मैं यह भाव नहीं प्रकट करता कि सूर्य थोड़ा और नारंगी रंग का होना चाहिए या सूर्य का थोड़ा और गहरा लाल रंग होना चाहिए। मुझे अलग-अलग स्थानों से सूर्यास्त देखने में आनंद मिलता है। हमारा साथी जैसा है, वैसा ही उसे स्वीकार करें तो हमारा दांपत्य जीवन सुखी रह सकता है।

□

14

आप अपने पति/पत्नी को कितनी अच्छी तरह जानते हैं?

क्या आप अपनी पत्नी को करीब से जानते हैं? जी हाँ, यदि जानते हैं तो बहुत अच्छा। तो अब हम पत्नियों से पूछते हैं कि क्या वे बता सकती हैं कि उनके पतियों को कौन सा खेल एवं खिलाड़ी अच्छा लगता है? यह उत्तर भी आपका सही है, तो अब आप दोनों के लिए एक बहुत ही चुनौतीपूर्ण प्रश्न है कि आप दोनों को एक-दूसरे की कौन सी बातें अच्छी लगती हैं?

यदि आप सही उत्तर देते हैं तो धन्यवाद के पात्र हैं, अमेरिका के जाने-माने मनोविज्ञानी जॉयस ब्रदर्स के अनुसार, "पति/पत्नी जितनी अच्छी तरह एक-दूसरे को समझेंगे, उतने ही वे खुश रहेंगे और सुखी वैवाहिक जीवन बिताएँगे।"

इस विशेषज्ञ के अनुसार, सुखी वैवाहिक जीवन के लिए निम्न चार बातें जानना जरूरी हैं—(क) अपने साथी के बीते जीवन के बारे में जानना। (ख) उसके व्यवहार का अवलोकन करना। (ग) एक-दूसरे की रुचि/अरुचि जानना और (घ) एक-दूसरे की आशा/अपेक्षाएँ जानना। मनोविज्ञानी 'ब्रदर्स' के अनुसार, "उपर्युक्त के बारे में जितनी

अधिक जानकारी होगी, उतना अधिक भावनात्मक आधार पति-पत्नी एक-दूसरे को दे सकेंगे।"

अपने साथी को और गहराई से जानने के लिए जॉयस ब्रदर्स ने एक प्रश्नावली तैयार की है। इस प्रश्नावली से हम उपर्युक्त चार मुख्य विषयों में जानकारी हासिल कर सकते हैं।

जब आप दोनों अकेले हों, तभी सही जानकरी के लिए एक-दूसरे से 16 प्रश्न पूछें। यदि आप किसी विषय पर विस्तृत चर्चा करना चाहते हैं तो थोड़े अंतराल के बाद पुनः प्रश्नावली के प्रश्न पर लौटें।

भाग 1 : पूर्ण जानकारी : मनोविज्ञानी ब्रदर्स के अनुसार, "जब हम किसी से विवाह करते हैं तो हमें उस व्यक्ति के सारे गुणों-अवगुणों को स्वीकारना पड़ता है।" अपने साथी के भूतकाल के बारे में जानकर हम किसी विशेष परिस्थिति में उसकी प्रतिक्रियाओं के बारे में अच्छी तरह जान सकते हैं। उदाहरण के लिए यदि पत्नी शराब पीती है तो इसका कारण क्या है ? पता चलता है कि पत्नी के माता-पिता शराब पीते थे। इसलिए वह भी पीती है।

प्रश्न—

1. आपके पति/पत्नी की जन्म तारीख तथा जन्मस्थान क्या है ?
2. बचपन में सबसे बुरे क्षण कौन से थे ?
3. एक-दूसरे को मिलने से पहले आप दोनों की शानदार उपलब्धि कौन सी थी ?
4. पति/पत्नी को एक-दूसरे के परिवार में सबसे अच्छा कौन लगता है ?

यदि सब उत्तर सही हैं तो रुकिए। थोड़ी देर बाद एक-दूसरे को अपने बीते जीवन के बारे में बताइए। यदि आपके पति/पत्नी चुप हैं, तो प्रश्न पूछिए। प्रश्नावली के अनुसार प्रश्न तभी पूछें, जब आपको यह विश्वास हो जाए कि आप अपनी पत्नी अथवा अपने पति पर लेख लिख सकते/सकती हैं।

यदि प्रश्न 1 और 2 के उत्तर सही हैं तो आपकी दिशा सही है। जिन लोगों ने इसमें भाग लिया, उनमें से करीब 73 प्रतिशत ने इन प्रश्नों का सही जवाब दिया। यदि प्रश्न 3 और 4 के उत्तर भी सही हैं, तो आप ठीक चल रहे हैं। अब हम भाग 2 की ओर बढ़ते हैं।

भाग 2 अवलोकन : पति-पत्नी एक-दूसरे की ओर ध्यान देने से खुश रह सकते हैं। किसी भी पत्नी से पूछिए कि उसे कितनी खुशी महसूस होती है, जब उसका पति उसके बालों के नए स्टाइल को देखकर उसकी प्रशंसा करता है।

प्रश्न—

1. आपके पति अकसर कौन से रंग के सूट/कपड़े पहनना पसंद करते हैं/ आपकी पत्नी अकसर कौन से रंग के सूट/कपड़े पहनना पसंद करती हैं?
2. पति/पत्नी एक-दूसरे को कितना महत्त्व देते हैं?
3. क्या आप हाल ही में आपके साथी द्वारा सुनाए गए चुटकुले को पुनः सुना सकते हैं?
4. ऐसी कौन सी रोमांटिक घटना उसके लिए यादगार बन गई है? (इसमें सुहागरात शामिल नहीं है)

यदि प्रश्न 1 का उत्तर सही है तो उसके अच्छे भाग को देखें। यदि भाग 2 में तीन अथवा चार प्रश्न के जवाब गलत हैं तो इसका अर्थ है कि पति/पत्नी के बारे में आपने नई जानकारी हासिल की है। यदि प्रश्न 2 और 3 के उत्तर सही हैं तो आपकी दिशा सही है। हम चाहेंगे कि चारों प्रश्नों के चारों जवाब सही मिलें। लेकिन इस प्रश्नावली में केवल 14 प्रतिशत लोग ही सही जवाब दे पाए।

यदि प्रश्न 4 सही है तो आप अवलोकन करने में अच्छे हैं, लेकिन इससे आप आत्मसंतुष्ट मत होइए। हो सकता है, भाग 3 में आपको आश्चर्यचकित कर देनेवाली बातें हों।

भाग 3 रुचि/अरुचि : एक-दूसरे की रुचि और अरुचि जानने से पति/पत्नी के संबंध और अच्छे हो सकते हैं। सोचिए, वह पति कितना खुश होता है, जब उसकी पत्नी उसकी रुचि और अरुचि को ध्यान में रखकर पार्टी में शामिल होने से इनकार कर देती है, जिसमें उसके पूर्व प्रेमी के शामिल होने की संभावना है!

प्रश्न—

1. आपके पति-पत्नी की सबसे अच्छी छुट्टी कौन सी बीती?
2. आपका कौन सा काम आपके साथी को सबसे ज्यादा क्रोधित करता है?
3. आपकी पत्नी/आपके पति किससे अधिक डरते हैं?
4. आपकी दी हुई कौन सी भेंट उन्हें सबसे ज्यादा प्रिय लगी?

यदि प्रश्न 1-2 के उत्तर सही हैं तो अपने साथी को प्रोत्साहन दें। इस प्रश्नोत्तरी में 88 पति/पत्नियों ने भाग लिया, लेकिन 58 (66 प्रतिशत) दो से ज्यादा सही जवाब नहीं दे पाए।

यदि प्रश्न 3-4 के उत्तर सही मिले तो आप वास्तव में एक-दूसरे को जानते हैं। हमारे सर्वे के अनुसार, केवल 14 प्रतिशत दंपती ही ठीक उत्तर दे सके।

भाग 4 आशा और अपेक्षाएँ : आशाओं पर विचार-विमर्श करने से लक्ष्य आसानी से प्राप्त किए जा सकते हैं। यदि दंपती विदेश में रहने का सपना देखते हैं तो सपने को साकार करने के लिए उन्हें उस तरीके की योजना बनानी चाहिए। इस भाग में ज्यादा सही जवाबों की अपेक्षा न करें। लेकिन आपका साथी क्या कहना चाहता है, उसे ध्यानपूर्वक सुनिए।

प्रश्न—

1. यदि पैसे का महत्त्व नहीं है तो ऐसी कौन सी चीज है, जिसे वह अधिक महत्त्व देता/देती है?

2. पति/पत्नी बच्चों के लिए सबसे ज्यादा क्या चाहता/चाहती है ?
3. अब से पाँच वर्ष बाद वह क्या करना चाहता/चाहती है ? क्या कोई पूर्णकालिक कॅरियर या कारोबार करना चाहता/चाहती है ?
4. क्या आपका/आपकी सहयोगी मृत्यु के बाद पुनर्जन्म में विश्वास करता/करती है ?

अंतिम भाग में अच्छे अंक नहीं मिलें तो उसकी फिक्र न करें। अब तक आपके साथी द्वारा दिए गए जवाबों से आप उसकी आशा और अपेक्षाएँ जान गए होंगे। इस भाग में दिए गए प्रश्नों के उत्तर द्वारा अधिकाधिक जानकारी हासिल करें, ताकि आप एक-दूसरे को अच्छी तरह जान सकें।

यदि आप इसका अध्ययन स्वयं कर रहे हैं और उत्तर देना नहीं चाहते तो पुनर्विचार करें। जब मैंने अपनी पत्नी लेसली से पहली बार प्रश्नावली के अनुसार प्रश्न पूछे, तब मुझे ताज्जुब हुआ कि कुछ प्रश्नों पर हम दोनों के विचार कितने भिन्न हैं ! जरा सोचिए, मुझे कितनी खुशी हुई होगी, जब मैं अपनी पत्नी की 25वीं सालगिरह पर तोहफे के रूप में अँगूठी खरीदकर लाया था और उस अँगूठी को उसने कितने प्यार से सँजोकर रखा था। मुझे ऐसा लगा कि मानो उसने मुझे खुश करने के लिए अँगूठी पहन रखी हो।

हम दोनों को ऐसा लगता था कि हम एक-दूसरे को भली-भाँति समझते हैं। लेकिन प्रश्नावली अध्ययन के बाद हमें ऐसा लगता है कि पहले हमारी सारी बातें नकारात्मक, घर के काम, बच्चों और पैसों से ही संबंधित होती थीं। लेकिन अब हम भविष्य के बारे में अपनी आशा/आकांक्षाएँ और योजनाओं को लेकर बातें करते हैं।

□

15
पति को मूर्ख समझने की गलती न करें

यदि पत्नी झगड़ालू प्रवृत्ति की, शक्की स्वभाव की हो, तो उससे पूरा परिवार परेशान रहता है। वह घर आए मेहमानों के सामने अगर अपने पति को मूर्ख, बेवकूफ और जली-कटी सुनाती है तो क्या ऐसी पत्नी से तलाक लेने से समस्या हल हो सकती है ?

पति-पत्नी में समन्वय न हो पाने पर पति अथवा पति के घरवालों को मूर्ख, गँवार, देहाती कहना और समझना, उनकी उपेक्षा करना और फिर गृह-कलह पैदा कर पारिवारिक वातावरण में तनाव और खिंचाव पैदा करना आज की युवतियों, महिलाओं की सबसे बड़ी समस्या है।

इसके कारण ही पारिवारिक जीवन के स्नेह स्रोत सूखे हैं। एक-दूसरे के प्रति विश्वास कम होता है, जिससे वे बोझिल जिंदगी जीते हैं। पति शराब का सहारा लेता है और पत्नी पानी पी-पीकर पति की कमजोरियों, दोषों को कोसती है, जिससे पारिवारिक समस्याएँ बढ़ती जाती हैं।

पत्नी ईर्ष्यालु आदत की हो, तो सभी परेशान होते हैं और पति के जोरू का गुलाम बनकर रहने से भी गुजर-बसर नहीं हो सकती। ऐसे व्यक्तियों का दांपत्य जीवन कष्टमय होता है, क्योंकि यह भी तो नहीं कहा जा सकता कि ऊँट किस करवट बैठेगा ? इस तनाव के चक्कर में वह बेवकूफ बन जाते हैं। इस तरह से तनावों से घिरा पति अथवा पत्नी ऐसा

कुछ कर लेते हैं, जिससे वे जीवनभर मुक्त नहीं हो पाते या जिंदगीभर पश्चात्ताप की आग में जलते रहते हैं।

शादी एक समझौता है। परस्पर स्नेह और विश्वास का आधार है। सहयोग, समर्पण और भावात्मक लगाव इस समझौते की बुनियाद हैं, जिसके अनुसार अनेक सामाजिक व्यवस्थाओं, सीमाओं और मर्यादाओं का पालन करके उपलब्ध साधन-सुविधाओं में ही संतोष करना पड़ता है। विषम परिस्थितियों में हमारी सामाजिक और पारिवारिक सोच ही हमें मान-प्रतिष्ठा देती है। जो सुलभ है, उसका उपयोग न कर और प्राप्त करने की इच्छा करना और प्राप्त न होने पर दुःखी होना व्यावहारिक सोच नहीं। पति के प्रति समर्पित भाव ही उसमें दायित्वबोध विकसित करता है। स्त्री की सुरक्षा, रक्षा और प्रतिष्ठा तभी तक सुनिश्चित है, जब तक वह किसी पुरुष से जुड़ी हुई है।

पत्नी अपनी बुद्धिमानी, समझदारी से पारिवारिक प्रतिष्ठा को बढ़ाकर, पारिवारिक समस्याओं को अपने स्तर पर हल करें तो उसकी मान-प्रतिष्ठा बढ़ती है। पत्नी को पति को अपना सहयोगी और सहभागी बनाना चाहिए। इससे वह अपनी कमजोरियों के लिए अपमान महसूस नहीं करेगा और न ही पत्नी की बातों को बुरा मानेगा।

तलाक लेने, आत्महत्या की सोचने, बँटवारा करने, संबंध-विच्छेद करने या अलग रहना पत्नी के लिए सरल बात नहीं है। इन प्रकार के निणर्यों से उसके सामने नई-नई समस्याएँ खड़ी होंगी और वह उसमें उलझती जाएगी, जिससे उसकी बदनामी होगी। परिवार में गर्व-गौरव के साथ जीने के लिए आवश्यक है कि पत्नी परिवार में अपना स्थान बनाए तथा परिवार के सदस्यों की भावनाओं, विचारों का सम्मान करके अनुकूल आचरण से उनके दिल में स्थान बनाए। पारिवारिक प्रतिष्ठा को बनाए रखने के लिए पत्नी को त्याग और संघर्ष करना चाहिए और उसमें उसे पति का सहयोग लेना चाहिए।

पत्नी को पारिवारिक जीवन में पति की प्रेरणा बनना चाहिए। उसे सहयोग देना चाहिए। इससे पति सुयोग्य बनकर उसके सपनों का राजकुमार बनेगा तथा उसके अनुरूप घर-संसार सजाएगा, सँवारेगा। पत्नी को पति के छोटे-बड़े काम में रुचि लेनी चाहिए। उसके निर्णयों में सहमति और विश्वास प्रकट करना चाहिए। यदि पत्नी समन्वय कर पति को अपने अनुरूप बनाएगी या खुद उसके अनुरूप बन जाएगी तो पत्नी का सुखी परिवार व जीवन का सपना पूरा हो जाएगा।

□

16

क्या आप अपने वैवाहिक जीवन की जिम्मेदारियों से मुँह मोड़ रहे हैं?

एक सलाहकार के रूप में ऐसे कई दंपती देखता हूँ, जिनके वैवाहिक संबंध खत्म होने की स्थिति में हैं। एक दंपती को यह देखकर इतना आश्चर्य हुआ कि एकाएक परिस्थितियों में इतना जल्दी बदलाव कैसे हो गया? उनके मधुर संबंधों में कैसे कटुता आ गई?

पति-पत्नी के संबंध ठीक न होने के कुछ संकेत शुरू में ही मिल जाते हैं, जिससे पता चलता है कि संबंध बिगड़नेवाले हैं।

यदि पति-पत्नी एक-दूसरे की ओर ध्यान दें तो वे एक-दूसरे को अच्छी तरह समझ सकते हैं। लेकिन व्यस्त दंपती छोटी-छोटी बातों की ओर ध्यान नहीं देते या उन्हें गंभीरता से नहीं लेते, जब तक वह बड़ी समस्या के रूप में उभरकर सामने नहीं आ जातीं।

अनुभवों के अनुसार, वैवाहिक जीवन में दुःख का अनुभव करने के दस निम्नलिखित कारण हैं। इनके संबंध में कुछ सलाह दूँगा, जिससे आपका वैवाहिक जीवन सुखी एवं समृद्धशाली बने।

1. **अब आप हँसी-मजाक नहीं करते :** जब दंपती एक-दूसरे से प्यार करते हैं, तब वे हँसी-मजाक करते हैं। लेकिन

इसकी अनदेखी करने पर दांपत्य जीवन नीरस हो जाता है। एक महिला ने मुझे बताया कि शाम को जब उसके पति घर लौटते, तब वे ऐसा दिखावा करते जैसे कि वे बहुत थके और ऊबे से रहते हैं, जब तक उनका साथी उन्हें गोल्फ खेलने नहीं बुलाता। अपने पति के इस प्रकार का व्यवहार देखकर वह समझ गई कि उसे कुछ बदलाव करना चाहिए। बदलाव करने पर उसने अपने पति को उत्साही पाया।

2. **आप एक-दूसरे पर भरोसा करने की अपेक्षा अपने मित्रों पर ज्यादा भरोसा करते हैं :** कई दंपती अपने मित्रों को दांपत्य जीवन की बात बताने में सुख अनुभव करते हैं। लेकिन ऐसा करना उचित नहीं है, क्योंकि इससे दांपत्य जीवन में टकराव निर्माण होता है।
3. **आपका सेक्स संबंधी जीवन नीरस बन गया है :** दंपती यौन संबंधों में कभी रुचि-अरुचि लेते हैं। इसमें अरुचि लेना उचित नहीं है। सेक्स ही जीवन में सबकुछ नहीं है, लेकिन वह एक-दूसरे के स्नेह को बनाए रखने के लिए जरूरी है।
4. **आप अपने आपको साथी से दूर रखना चाहते हैं :** अपने साथी से छुटकारा पाने के लिए कारण ढूँढ़ना दांपत्य जीवन के लिए ठीक नहीं है। दूरी निर्माण करने के लिए आप घर में देर से जाते हैं, अत्यधिक शराब पीते हैं, अकेले जल्दी सो जाते हैं या तब तक किसी कार्य में व्यस्त रहते हैं, जब तक आपका साथी सो नहीं जाता।
5. **असहमति से हमेशा झगड़ा बढ़ता है :** वैवाहिक जीवन में सामान्यतः कुछ हद तक विवाद होते हैं। फिर भी दोनों को एक-दूसरे की भावनाओं का आदर करना चाहिए। इसी से वैवाहिक जीवन सुचारु रूप से चलता है। आपके साथी

द्वारा कभी-कभी असहमति व्यक्त करने पर उसे आप झगड़े का कारण न बनाएँ। हरेक में गुण-दोष होते हैं, चाहे वह आपके कितना भी घनिष्ठ क्यों न हों! भूतकाल में हुई घटना के कारण आप किसी को हमेशा ताने मारेंगे तो उससे संबंध बिगड़ जाते हैं।

6. **साथी की तरह सुंदर दिखने की आप परवाह नहीं करते :** हम सभी घर में सज-धजकर नहीं रहते हैं, लेकिन साधारण रहने का अर्थ वह नहीं कि हम साफ कपड़े न पहनें, न नहाएँ, बाल न काढ़ें या दाढ़ी न बनाएँ। यदि आपके घर पर मेहमान आनेवाले हों या आप घूमने के लिए निकलते समय ही नहाते हैं, दाढ़ी बनाते हैं, बाल काटते हैं और साफ कपड़े पहनते हैं, अन्यथा घर में गंदे ही रहते हैं, तो ऐसा रहना उचित नहीं है।
7. **आप पुरानी बातें याद नहीं करते :** कई सुखी दंपती बीते हुए समय से सीख लेकर अपने आपसी संबंधों को और मजबूत बनाते हैं। वे सिनेमा, फोटो अलबम आदि देखकर पहले किए गए साहसिक कार्यों की बातें करके और पहले आए संकट को कैसे हल किया, आदि घटनाओं को याद करते हैं। जब पति-पत्नी में इस प्रकार का हँसी-मजाक होना बंद हो जाए तो उसका अर्थ है कि जरूर उनके बीच कुछ तनाव है।
8. **आपने रुचि लेना और मित्रों से दोस्ती करना बंद किया है :** पति-पत्नी को एक-दूसरे की रुचियों में शामिल होना चाहिए, जिससे कि उनमें आपसी प्रेम बना रहे। रुचियाँ हमेशा बदलती रहती हैं, इसलिए आवश्यक है कि हम नए शौक निर्माण करें, जिससे हम एक साथ आनंद उठा सकें। कुछ खुश दंपती अपने साथियों का परिचय नए व्यक्तियों से

इसलिए कराते हैं, क्योंकि उन्हें अपने साथी पर गर्व होता है और वे अपने साथी से मित्रता बनाए रखना चाहते हैं। लेकिन जब दंपती अपने मित्रों एवं रिश्तेदारों से संबंध नहीं रखना चाहते हैं तो ऐसा करना उचित नहीं है।

9. **आप सोचते हैं कि साथी के बारे में आपको सबकुछ मालूम है, लेकिन फिर भी आपको उसे बारीकी से पहचानना जरूरी है :** मैं एक व्यक्ति को जानता हूँ, जिसने मुझे बताया कि उसके विवाह को 23 वर्ष हो गए हैं, फिर भी वह अपनी पत्नी के गुणों को देखकर आश्चर्यचकित रह जाता है। इसका मतलब है कि वह अपनी पत्नी को अच्छी तरह से पहचान नहीं पाया है। वह अपनी पत्नी के बारे में खुश होकर सबकुछ बताता है, क्योंकि उसे अपनी पत्नी से लगातार नई चीजें सीखने को मिलती हैं। मेरी समझ में नहीं आता है कि मैं इसके लिए अपने मित्र की पत्नी की प्रशंसा करूँ या मित्र को दोष दूँ कि वह 23 वर्ष बाद भी अपनी पत्नी को नहीं जान पाया है ?

10. **एक साथ जीवन बिताने के बारे में सोचकर आप दुःखी होते हैं :** प्यार में सबसे बड़ी बात है कि आप दोनों हमेशा भविष्य के बारे में सपने देखते हैं। अगले पाँच वर्ष आपके साथी के साथ कैसे बीतेंगे, यही सोचकर यदि आप निराश हो जाते हैं तो उसका अर्थ है कि आपको अपने आपसी संबंधों को सुधारने की जरूरत है।

वैवाहिक संबंधों के बीच दरार पड़ने का पता चलते ही आप और आपके साथी को संबंध सुधारने का प्रयास करना चाहिए। आप और आपके साथी को संबंध मजबूत बनाने के लिए निम्नलिखित बातें करनी चाहिए—

आवश्यक बातें ही करें : कई दंपती अपने साथी से नाराज रहते हैं, फिर भी वे अपनी नाराजगी बताने में संकोच करते हैं। अपनी नाराजगी दिखाने से आपका साथी, जहाँ तक हो सकता है, उसे दूर करने का प्रयास करेगा।

नाराजगी दिखाने के भी तरीके होते हैं। जैसे—"आजकल मुझे बहुत ऊब लगती है" के बजाय आप कह सकते हैं कि "प्रिय, मुझे ऐसा लगता है कि आज हम दोनों उतने करीब नहीं हैं, जितने कि हमेशा रहते हैं; शायद तुम्हें भी ऐसा महसूस होता होगा!"

आपसी संबंध सुधारने के लिए आप क्या कर सकते हैं : यदि आप अपने साथी से मालूम कर लें कि उसकी आपके बारे में क्या अपेक्षाएँ हैं, तो वह आपकी बात सुनकर जरूर प्रसन्न होगा। हो सकता है कि आप उसकी सभी अपेक्षाएँ पूरी नहीं कर सकते हैं, किंतु कुछ अपेक्षाएँ तो आप पूरी कर सकते हैं और आप उसकी अपेक्षाओं को पूरा करने की मन से कोशिश करते हैं, यह देखकर उसे खुशी होगी। इससे आपके संबंधों में सुधार आ सकता है।

आप संबंधों को लचीला बनाएँ : भौतिकशास्त्र के अनुसार, जैसे-जैसे विश्व से ऊर्जा धीरे-धीरे नष्ट होती जा रही है, वैसे-वैसे विश्व के नैसर्गिक वातावरण में बदलाव आ रहा है।

मुझे लगता है कि दंपतियों द्वारा एक-दूसरे का ध्यान न देने से यही नियम उनके दांपत्य जीवन के लिए भी लागू होता है। संबंधों को सजीव बनाए रखने के लिए आपको नए-नए तरीके सोचना जरूरी है, जिससे आपका साथी खुश रहे।

हँसी-मजाक के लिए समय निकालें : कई दंपतियों की शिकायत है कि उनके पास रोमांटिक कार्यों के लिए पैसा नहीं है। खुशियाँ मनाने के लिए पैसा नहीं लगता। कभी-कभी बरसात में भीगना या आधी रात में आइस्क्रीम पार्लर में जाकर आइस्क्रीम खाना महँगे भोज से ज्यादा आनंददायी हो सकता है।

आप ध्यान देनेवाले प्रेमी बनें : एक-दूसरे को खुश करने के लिए आपको मन से पूरी-पूरी कोशिश करनी चाहिए, नए-नए तरीके ढूँढ़ने चाहिए। यदि आप ऐसा नहीं करेंगे तो आपके शारीरिक संबंधों में नीरसता आ जाएगी। जितने-जितने आप नए तरीके अपनाएँगे, उससे आपका जीवन उत्साही और जोशीला हो जाएगा। देखा गया है कि वैवाहिक संबंध पुराने होने पर प्राय: जब एक व्यक्ति अपने साथी से सेक्स करना चाहता है तो उसका साथी उसकी भावनाओं को नजरअंदाज कर देता है। इसके परिणामस्वरूप सेक्स चाहनेवाले की इच्छाएँ अतृप्त रहती हैं। एक-दूसरे की पीठ सहलाकर, हाथ में हाथ थामकर पकड़ने और देर तक एक-दूसरे को बाँहों में पकड़कर रखने से भी संतोष मिलता है।

नए तरीकों की तलाश करना : कुछ लोग शिकायत करते हैं कि उन्हें उनका वैवाहिक जीवन उबाऊ (disgusting) लगता है। दोषी होने पर भी क्या वे यह महसूस करते हैं कि क्या वे वास्तव में अपने आपसे ऊब गए हैं? जब वे अपनी क्षमताएँ बढ़ाकर अपने साथी को खुश रखने के नए-नए तरीके अपनाते हैं, तब उन्हें अहसास होता है कि उनके वैवाहिक संबंधों में सुधार हुआ है।

संवाद बनाए रखें : सुखी दांपत्य आपस में बात करने के लिए समय निकालते हैं। उदाहरण के लिए चूल्हा-चक्की करके, भोजन के बाद समय निकालकर, हम दोनों सुख-दु:ख की बातें करते हैं। जाड़ों में हम भोजन के बाद कॉफी पीते समय और गरमियों में आँगन में आरामकुरसी डालकर तारे देखते हुए बातें करते हैं। इस प्रकार हम सुख-दु:ख की बातें करके एक-दूसरे के करीब आते हैं।

टी.वी. देखते समय या चौका-बरतन करते समय पति-पत्नी बातें करते भी हैं तो वे एकाग्रता से नहीं कर पाते हैं। इसलिए बाहर टहलते समय बातें करने से कोई व्यवधान नहीं रहता है और उनका वार्त्तालाप अच्छी तरह से हो सकता है। इससे उनके संबंध मधुर बने रहते हैं।

एक-दूसरे की सुनिए : अभिनेता अमिताभ, जो अपनी पत्नी जया के साथ पिछले 49 वर्षों से सुखी दांपत्य जीवन बिता रहे हैं, कहते हैं कि आप अपने साथी की बात एक कान से ही सुनते हैं, जबकि साथ रहने का सबसे महत्त्वपूर्ण अर्थ है, एक-दूसरे को अच्छी तरह से पहचानना। जया और मैं हमेशा वैवाहिक संबंधों को ज्यादा महत्त्व देते हैं और इसे खुशहाल बनाए रखने का सदैव प्रयास करते हैं। हम खूब बातचीत करते हैं और एक-दूसरे को समझने की कोशिश करते हैं।

कभी-कभी सुखी वैवाहिक जीवन में भी अशांति निर्माण हो सकती है। सुखी वैवाहिक संबंध नाचने की भाँति है, जिसमें दो व्यक्ति लगातार हिलते-डुलते रहते हैं। कभी-कभी आपको या आपके साथी को लगता है कि वे एक-दूसरे से दूर होते जा रहे हैं। ऐसे समय प्यार की आवश्यकता होती है।

यदि आप और आपका साथी वैवाहिक संबंधों के बारे में ऊपर बताई गई बातों का पालन करें तो आपका वैवाहिक जीवन सुखी एवं समृद्धशाली रहेगा।

□

17

पति वास्तव में क्या चाहता है?

दिन भर काफी मेहनत करने के बाद घर लौटते समय आप लॉन्ड्री से कपड़े और किराना सामान लेकर लौटती हैं। लेकिन घर पहुँचने पर देखती हैं कि आपके पति ने सुबह किए गए वायदे के अनुसार घर का कोई काम नहीं किया है। आप क्रोधित हो जाती हैं और पति को डाँटती हैं।

कुछ समय बाद आपकी सहेली का फोन आता है। आप उससे नाराज हैं, क्योंकि उसने दो बार आपके साथ भोजन करने का प्रोग्राम बनाया और अंतिम क्षणों में उसे रद्द कर दिया। आप अपने पति से भी नाराज हैं, पर सहेली का फोन आने पर आप उसका पिछला बरताव भूलकर उससे उत्साह से पूछती हैं कि आप कैसी हैं?

यदि आप बहुत ही व्यस्त पत्नी और माता हैं तो आपने उपर्युक्त अनुभव अवश्य किया होगा। ऐसी स्थिति में आप अपने पति से नाराज हो जाती हैं और अपने मित्र को क्षमा कर देती हैं।

क्या यह उचित है? नहीं, यह उचित नहीं है। जो पत्नी अपने पति से अच्छी तरह पेश नहीं आती, उसके प्रति सहानुभूति नहीं दिखाती और समझदारी से काम नहीं लेती, ऐसी पत्नी का पति हमेशा दुःखी रहता है।

विवाह परामर्शदाता 'डॉरिस वाइल्ड हेल्मरिंग' के अनुसार, "महिलाओं

को उनके मित्र अपने पति से ज्यादा निकट का लगते हैं, जबकि पति के लिए उसका सबसे निकटतम मित्र उसकी पत्नी ही होती है। इसलिए विवाह के बाद पुरुष पत्नी से मैत्री की ज्यादा अपेक्षा करता है।"

पत्नी जितनी अधिक मैत्री अपने पति से रखेगी, उतना ही पति अधिक खुश रहेगा और उनका वैवाहिक जीवन भी सुखी होगा। 'प्रोफेसर जीनेट लॉर' और 'रॉबर्ट लॉर' ने अपनी पुस्तक 'टिल डेथ डू अस पार्ट : हाऊ कपल्स स्टे टूगेदर' में पुरुषों ने सुखी वैवाहिक जीवन का एकमात्र राज बताया है कि उनकी पत्नियाँ उनकी अच्छी मित्र हैं।

आप अपने पति की अच्छी मित्र कैसे बन सकती हैं?

दूसरों के लिए सोचें

सच्ची मित्रता की बुनियाद है, दूसरे के हित की चिंता करना, उन्हें प्यार देना तथा उनके अच्छे कार्य की प्रशंसा करना।

मैत्री के लिए महत्त्वपूर्ण है—सामाजिक ज्ञान, अच्छा व्यवहार और दूसरों की बातें बिना हस्तक्षेप किए सुनना। क्लिनिकल मनोविज्ञानी 'मारलिन रूमन' के अनुसार, जो लोग दूसरों के मन में अपनी अच्छी छवि बनाना चाहते हैं, वे अच्छा आचरण करते हैं। यह शिष्टाचार से ही संभव है।

भावनाओं पर नियंत्रण रखें

परिवार को एक रखने के लिए अपनत्व की भावना आवश्यक है। पति को पत्नी के साथ मित्रता की भावना रखना जरूरी है। अन्यथा कुछ वर्षों बाद पति-पत्नी भावनात्मक दृष्टि से एक-दूसरे से दूर पाए जाते हैं।

आप यह सोचकर मत चलिए कि वह आपका पति है, इसलिए आप उसके साथ कैसा भी व्यवहार करें, तो भी चलेगा।

मनोरोग चिकित्सक 'रोडॉल्फो गारसिया' कहते हैं कि जब आप अपने पति से नाराज होती हैं तो उसे यह बताना चाहती हैं कि मैं तुम

पर ही भरोसा करती हूँ और तुम चाहे जैसा भी व्यवहार करो, फिर भी मैं तुम्हारे साथ हूँ।

मनोविज्ञानी 'रूमन' के अनुसार, महिलाओं को उनके मित्रों की अपेक्षा, पति में ज्यादा दोष दिखाई देते हैं। जिस व्यक्ति से हम प्यार करते हैं, हमें उसके गुणों पर ही विचार करना चाहिए।

सहनशीलता बढ़ाएँ

हेल्मरिंग के अनुसार, यदि आपका लक्ष्य सहनशील बनना है तो आपको उस दृष्टि से प्रयत्न करने चाहिए।

दूसरे शब्दों में, आपको सहनशील बनने का अभ्यास करना चाहिए। मन न लगने पर भी मन को एकाग्र करने की कोशिश करनी चाहिए। जब आप क्रोधित होते हैं तो आप मुँह बंद रखें। हेल्मरिंग के अनुसार, पहले सहनशील बनने में आपको काफी कठिनाई होगी, लेकिन बाद में वह आपका स्वभाव बन जाएगा।

मधुमेह की बीमारीवाला जैसे चीनी से, मोटा आदमी तेल से परहेज करता है, उसी प्रकार सहनशील बनने के लिए गुस्से से परहेज करना चाहिए, तभी आप लक्ष्य तक पहुँच सकते हैं। यदि आप हर रोज घर के खाने से ऊब जाते हैं तो हफ्ते में एकाध बार होटल में खाना खाइए। यदि आपको पति के साथ बाहर घूमने गए काफी महीने बीत गए हों तो आप दोनों घूम आइए। पति के साथ मित्रता और सहनशीलता से पेश आने से आपका वैवाहिक जीवन सुचारु रूप से चलेगा।

उसके भावों को समझें

पारंपरिक भूमिकाओं में थोड़ा बदलाव आने के बावजूद आज भी पुरुष अपना अहं नहीं छोड़ता। 'रूमन' के अनुसार, पुरुष अपनी भावनाओं और जरूरतों को व्यक्त करता है, जबकि स्त्री नहीं करती। वे

अपनी भावनाएँ परोक्ष रूप से व्यक्त करते हैं। पत्नी को जानना चाहिए कि जब उसका पति काम के बारे में बात करता है, तो हो सकता है, वह अपने दिल की बातें कहना चाहता हो!

हो सकता है कि आपके पति ऑफिस से परेशान होकर घर लौटते हैं। उन्हें ऐसा लगता है कि उन्होंने अपना काम ठीक से नहीं किया है। आप उनकी परेशानी का कारण जानना चाहती हैं। हो सकता है कि उन्हें गुस्सा आ जाए, इसलिए आप ऐसा वातावरण बनाएँ, जिससे वह शांत होकर अपने आप अपनी परेशानी का कारण आपको बता दे।

दूसरी ओर, यह भी सत्य है कि जब आपके पति काम के बारे में बोलते हैं तो मित्रता के नाते उनकी बातें ध्यानपूर्वक सुनें।

राधा को वैवाहिक संबंधों का अच्छा ज्ञान है। उसके पति गोपाल की दो किराने की दुकानें हैं। गोपाल दुकान में काम करनेवालों से ईमानदारी की अपेक्षा करते हैं। राधा को ऐसा लगता है कि उन्हें काम करनेवालों की समस्याएँ सुलझाने में कठिनाई होती है।

एक दिन शाम को गोपाल काम से बहुत ही परेशान होकर घर लौटे। उनके अच्छे सहायक को दूसरी जगह ज्यादा वेतन वाली नौकरी का प्रस्ताव आया था। गोपाल उसके विश्वासघात से इतने क्रोधित थे कि वे अपनी पत्नी से बात न कर सके।

राधा अपने पति के गुस्से का कारण समझ गई और उसने उनके प्रति सहानुभूति व्यक्त की। वह बोली कि उन्होंने उस कर्मचारी को प्रशिक्षित करने में अपना काफी समय दिया था। मैंने उन्हें कुछ देर गुस्सा उगलने दिया और जब वे शांत हुए, तब मैंने उन्हें यह समझाने की कोशिश की कि वे कर्मचारी दृष्टि से समस्या को देखें। मैं बोली, मान लीजिए यदि मुझे वर्तमान नौकरी से अधिक वेतनवाली नौकरी मिलती है तो आप मुझे क्या सलाह देंगे? वैसे मुझे यह भी नौकरी अच्छी लगती है, लेकिन वहाँ वेतन ज्यादा है।

आलोचना अथवा टीका-टिप्पणी करने की अपेक्षा राधा ने गोपाल के समक्ष वास्तविकता रखी। इस प्रश्न पर वे सोचने लगे। अगले दिन उन्होंने योजना बनाई, जिसके अनुसार उन्होंने अपने कर्मचारी के वेतन में थोड़ी बढ़ोतरी की और उसके काम करने के समय को कम किया, जिससे कि वह जल्दी घर जा सके। उसने गोपाल का प्रस्ताव तुरंत स्वीकारा। उस रात गोपाल बड़े खुश होकर घर लौटे।

उसकी समस्याएँ मत बढ़ाइए

जब आपका मित्र संकट में होता है, उस समय आप उसके प्रति सहानुभूति दिखा सकती हैं, क्योंकि आप स्वयं को उसकी समस्याओं से अलग रख सकती हैं। रूमन का कहना है कि जब आपके पति के साथ बुरा होता है, तब आप पूर्ण रूप से उसके दुःख में शामिल हो जाती हैं। आप बेचैन हो जाती हैं। आप अपने साथी से अनेक प्रश्न करती हैं—यह कैसे हुआ? अब आप क्या करेंगे? यह सब पूछकर आप यह जताना चाहती हैं कि आप उतनी ही चिंतित हैं, जितना कि वे।

रूमन कहता है कि पुरुष हर समय मुझसे कहते हैं कि उन्हें अपनी पत्नी को अपने काम के बारे में समस्याएँ बताना अच्छा नहीं लगता, क्योंकि जब वे समस्याएँ बताते हैं तो उनकी पत्नियाँ अनेक प्रश्न करती हैं, जिससे वे ऊब जाते हैं। एक दिन वकील साहब उदास होकर घर लौटे और पत्नी से बोले कि उनका एक महत्त्वपूर्ण मुवक्किल उनसे काफी नाराज है। वकील साहब की पत्नी ने उनसे प्रश्न पूछने शुरू किए—वास्तव में क्या हुआ? क्या गलती हो गई? अब आप क्या कर सकते हैं? वकील साहब उससे प्रश्न पूछने की अपेक्षा सहानुभूति चाहते थे।

यदि आप डरें भी हों तो आपको अपनी भावनाओं पर नियंत्रण रखना चाहिए। महिला मित्र आपके सदमे, दुःख और गुस्से को तटस्थ होकर देख सकती है, लेकिन आपकी पत्नी अपनत्व की भावना के

कारण उसमें शामिल हो जाती है। 'हेल्मरिंग' के अनुसार, पत्नी अपनत्व के कारण अपेक्षा करती है कि उसका पति उसकी ओर पूरा ध्यान दे।

जो पत्नी अपने पति की वास्तव में अच्छी मित्र होती है, वह उसे समझती है और परेशानी के समय उसकी हर तरह से मदद करती है। वह अपने पति का खयाल रखती है।

मित्रता यानी सम्मान देना। एक-दूसरे के विचारों, स्वप्नों और प्रतिष्ठा के प्रति सम्मान दिखाना। आप अपने पति से अत्यधिक प्रेम कर सकती हैं, फिर भी आप उसके अच्छे मित्र के रूप में असफल हो जाती हैं, क्योंकि प्रेम ही सबकुछ नहीं है। प्रेम के साथ-साथ वैवाहिक जीवन में मित्रता का भी अपना महत्त्व होता है।

□

18

तलाकशुदा की आत्मकथा

प्रत्येक तलाक सामाजिक उन्नति में बाधक होता है। पति-पत्नी के झगड़ने के कारण दोनों का जीवन दुःखमय हो जाता है। जिस आदमी से इतना प्यार किया था, उसी से दूर होने का दुःख दर्दनाक होता ही है। कितने ऐसे तलाक संबंधी मामले न्यायालय में अनिर्णित अवस्था में पड़े होंगे, कितनों का पारिवारिक जीवन बरबाद होगा, यह सोचकर दुःख व असमंजस होता है।

एक तलाकशुदा व्यक्ति यह सोचता है कि मेरी पत्नी किरण तलाक लेने के बदले मर जाती तो कम-से-कम मैं उसकी मृत्यु पर दो आँसू बहाकर संतोष कर लेता कि विधि को यही मंजूर था! हमारा साथ यहीं तक ही था! कम-से-कम हमारे मन में यह भावना तो नहीं होती कि हमने एक-दूसरे का तिरस्कार किया!

हम पति-पत्नी तथा हमारे बच्चे शेष जीवन एक साथ नहीं गुजारेंगे की कल्पना बहुत क्लेशात्मक है। तलाक द्वारा परिवार का बिखरना परिस्थितियों के कारण आवश्यक भले ही हो, पर असहनीय है।

यह बड़े आश्चर्य की बात है कि दो व्यक्ति, जो पहले एक-दूसरे से प्यार करते हैं, एक-दूसरे के बिना अधूरापन महसूस करते हैं, एकाएक अनुभव करते हैं कि दोनों के लिए एक साथ रहना मुश्किल हो गया है!

यह विश्वास नहीं होता कि प्यार में इतना बदलाव कैसे आया कि नफरत पैदा हो गई है!

तलाक को एक तरह का पागलपन या संक्रामक रोग समझना चाहिए। अकसर विवाहित दंपती तलाकशुदा मित्रों से अधिक खुश नहीं होते हैं और उनसे ज्यादा दोस्ती नहीं बढ़ाना चाहते। तलाकशुदा आदमी/औरत की ओर लोग गिरी नजर से देखते हैं।

क्रोध और कसूर

तलाक की प्रक्रिया के दौरान ऐसा लगता है कि तलाक ऐसे प्रदेश की भाँति है, जहाँ न पेड़-पौधे हैं, न ही हवा है और न ही छुट्टी का आनंद उठाने लायक वातावरण है। ऐसे वातावरण में व्यक्ति बहुत डरावना अकेलापन महसूस करता है। ऐसे वातावरण में विचारों के जहरीले पेड़-पौधे और फलों के अलावा अन्य कुछ उगने की आशा ही नहीं की जा सकती। मुझे विश्वास है कि ऐसे वातावरण की परिकल्पना कोई भी साधारण वातावरण में नहीं कर सकता।

एक बात पक्की है कि तलाक एक व्यक्ति द्वारा दूसरे व्यक्ति से कहने कि "मैं तलाक चाहता हूँ" से नहीं होती, बल्कि तलाक लेने की सोच तभी से होने लगती है, जब विवाहित होकर भी आप महसूस करते हैं कि मैं अकेला हूँ। तलाक लेना एक दुःस्वप्न की तरह है, जिसमें आदमी/औरत की बेइज्जती होती है। वे अकेलापन महसूस करते हैं, क्रोधी बनते हैं और अपने आप अपराध के बोझ तले दबते जाते हैं। तलाक से मनोबल गिरता है, आत्मग्लानि होती है और समाज में सामाजिक स्तर गिरता है।

तलाक से मेरा मनोबल गिर गया। मैंने संपूर्ण वर्ष में कोई काम नहीं किया, केवल तलाक के संबंध में बातें करता और जो लोग इससे गुजरे थे, उनके विचार जानता। मैंने सारी रातें यह सोचकर बिताईं कि मेरा वैवाहिक जीवन तलाक की सीमा तक कैसे पहुँच गया!

एक महिला ने विवाह के समय खींची गई तस्वीरों के टुकड़े-टुकड़े कर डाले और कहा कि तलाक द्वारा हम सब वैवाहिक जीवन के बुरे समय से बच गए।

प्रत्येक तलाक एक विवाहित जीवन का दु:खद अंत है।

मेरी और किरण की तलाक किन कारणों से हुई या इससे दोनों के जीवन का कितना नुकसान हो गया, इसका मैं अंदाज तब तक नहीं लगा सका, जब तक हमारे कुत्ते मोती की मृत्यु नहीं हो गई।

जब हमारी शादी हुई थी, तब हम पॉमेरियन कुत्ता मोती लाए थे। हमें उसके साथ मित्रता करने में लगभग एक वर्ष लगा। मोती की अपनी ही विशेषताएँ थीं, जो केवल कुत्तों से प्यार करनेवाला ही समझ सकता है। वह एक अच्छा मित्र था। सवेरे उठते ही जब वह शरीर को चाटता तो बड़ा अच्छा लगता।

निराशा

तलाक के कुछ दिनों बाद, जब मैं घर कुछ कपड़े लेने गया, तब मेरी सबसे छोटी लड़की रानी मेरे पास दौड़ती आई और मुझसे बोली कि मोती कार से टकरा गया है और वह पशु चिकित्सालय में है। यह सुनते ही मैं पशु चिकित्सालय गया और पशु चिकित्सक डॉ. राधा से मिला। वह मोती को उठाकर लाई और उसे जाँच टेबल पर लिटा दिया।

किरण से तलाक लेते समय दु:ख हुआ था और मैंने अपने आँसू पी लिये थे। लेकिन मोती की ऐसी हालत देखकर मेरी हिम्मत टूट गई और मैं निराश होकर जोर-जोर से रोने लगा।

एक्स-रे द्वारा पता चला कि मोती की रीढ़ की हड्डी टूट गई है और वह ठीक नहीं हो सकती थी। मैंने देखा, मोती मेरा मुँह ताक रहा था। इसी बीच डॉ. राधा ने मुझे ऐसे कागज पर हस्ताक्षर करने के लिए बोला, जिससे वह मोती के जीवन का अंत कर सके।

घबराहट के कारण मैं अपना नाम तक न लिख सका। मुझे कागज ही नहीं दिखाई दे रहा था। मैं जाँच टेबल का सहारा लेकर खड़ा हो गया और इतना रोया कि शायद जीवन में मैं कभी रोया था। मैं केवल मोती के लिए नहीं, बल्कि अपनी पत्नी किरण के लिए, बच्चों के लिए, अपने लिए और तलाक के कारण हुई क्षति के लिए रोया। डॉ. राधा ने मुझे धैर्य दिलाया। मैंने देखा कि वे भी रो रही थीं। मोती इतनी दयनीय अवस्था में भी अपनी दो टाँगों के सहारे घिसटता हुआ मेरे पास आया और उसने मुझे चाटना शुरू कर दिया। यह करूणामय दृश्य देखकर मेरी आँखों से आँसू टपक पड़े।

मैंने मोती तो खो दिया था, लेकिन उसकी टूटी रीढ़ में मैंने तलाक के कारण नष्ट हुए वैवाहिक जीवन का प्रतिबिंब देखा कि जैसे जीवन की रीढ़ टूटी हो!

आप अपने बच्चों को तलाक के जो भयानक परिणाम हैं, उनको उदाहरण द्वारा उन्हें समझा नहीं सकते हैं। तलाक लेते समय यदि सिर्फ पति-पत्नी ही हैं और बच्चे नहीं हैं तो तलाक थोड़ा सा सहनीय हो जाता है। कम-से-कम बच्चों का जीवन तो बरबाद नहीं होता है। मैं अपने बच्चों को बताना चाहता हूँ कि मेरे संबंध में जो कुछ हुआ, उसे वह पुनः अपने वैवाहिक जीवन में न दोहराएँ, क्योंकि तलाक से एक पूरा परिवार बरबाद हो जाता है।

मैं और मेरी पत्नी पुनः एकत्रित नहीं हो पाए। इसलिए मुझे ऐसा लगा कि मैंने अपने पूरे परिवार पर पेट्रोल छिड़ककर आग लगा दी, यानी अपना परिवार खुद ही नष्ट कर दिया।

अपराधीपन का बोझ

मेरी तीनों लड़कियाँ कमरे में आईं, लेकिन उन्होंने न ही मेरी तरफ और न ही मेरी पत्नी किरण की ओर देखा। उनके चेहरे पर छाए दुःख

और उनके मन को पहुँची हुई चोट को देखकर मैं समझ गया कि उन्हें सबकुछ मालूम हो गया है। मुझे बच्चों के साथ किया गया विश्वासघात अच्छा नहीं लग रहा था।

उन्होंने जाते समय मुझे विदाई दी, जिससे मैं भाव विह्वल हो गया। उन्होंने मेरी विदाई के समय कहा था कि "पापा, हम तुम्हें बहुत प्यार करते हैं। हम तुम्हारे पास आएँगे।" लेकिन मैं अपने को अपराधी मानकर अपनी तीनों बेटियों से मिलने के लिए नहीं गया, क्योंकि मैं अपने आपको उनके दुःख का जिम्मेदार समझता था।

मैं बेचैन सा वर्ष भर फिरता रहा, मानो जैसे मेरा दिमाग ठीक न हो। मुझे सुनाई नहीं देता था और न ही मैं समझ पाता था कि कवि कविता के माध्यम से क्या कहना चाहता है? मैं उस होटल में कभी नहीं जाऊँगा, क्योंकि मैं उसे तेजाब समझता हूँ। मेरे और पत्नी के बीच तलाक का मूल कारण यहीं से शुरू हुआ।

दुःखदायक अवधि

अकेलेपन के कारण मेरी आदतें अजीब सी होती जा रही थीं। जैसे फ्लैट में घुसते ही स्टेरियो शुरू करना, खूब शराब पीना और विविध पदार्थ बनाना, लेकिन उन्हें रुचि से न खाना।

मुझे चिंता थी कि कहीं किरण दूसरा विवाह न कर ले! मैं जानता था कि मुझे चिंता करने का कोई अधिकार नहीं है, फिर भी मैं चिंता करता था। मुझे भय था कि किरण जिस आदमी से विवाह करेगी, वह कहीं उसके साथ कठोरता से पेश न आए! साथ ही बच्चों की अनदेखी न करे। किरण से तलाक लेने पर भी मैं उसे अपनाना चाहता था।

तलाक लेने के बाद मेरे जीवन का एक मूल्यवान् वर्ष मैंने निराशा में व्यर्थ गँवाया।

मैंने अपने आपको ऐसे पुरुषों के बीच पाया, जो न तो महिलाओं

को प्यार दे सकते थे और न ही उनका प्यार पा सकते थे, न ही उन्हें सुरक्षा दे सकते थे। मेरा मन अपार प्रेम से भरा हुआ था और मैं ऐसी स्त्री की तलाश में था, जो मेरे मन की पुकार सुन सके।

किरण और मुझे तलाक से एक सीख मिली। समय बीतने के साथ-साथ हमारा गुस्सा भी कम होता गया और हम एक-दूसरे के मित्र बन गए। हम अकसर एक-दूसरे से नाश्ते अथवा भोजन के समय मिलते।

मैंने एक दिन पार्टी में किरण और शेखर को देखा। वे दोनों बड़े खुश थे। शेखर, जो किरण को सम्मान दे रहा था, वह मुझे अच्छा लगा। उसे देखकर मुझे ऐसा लगा कि नारी जाति के प्रति सम्मान कितना आवश्यक है।

□

19

क्या आप अपने साथी में परिवर्तन ला सकते हैं?

राधा और मोहन शादी के कुछ दिनों बाद हाल ही देखे सिनेमा की बातें कर रहे थे। राधा का विचार था कि सिनेमा का नायक आकर्षक दिखाई देता था, लेकिन मोहन को ऐसा नहीं लगता था।

'वह केवल तगड़ा ही नहीं था, बल्कि कोमल हृदयवाला भी था। उसकी इसी विशेषता को देखकर मुझे वह आकर्षक लगा। तुम भी उसकी भाँति बलशाली और आत्मविश्वासी हो, इसलिए तुम मुझे अच्छे लगते हो।'

बलशाली ? आत्मविश्वासी ? जैसे शब्दों को राधा के मुँह से सुनकर वह आश्चर्यचकित हो गया, क्योंकि उसने अपने को इस दृष्टि से कभी देखा नहीं था। मोहन अकसर निर्णय लेते समय चुप रहता और अन्य लोगों को उसके बारे में निर्णय लेने देता। राधा की बात सुनकर मोहन के मन में विचार आया कि उसमें भी निर्णय लेने की क्षमता है और उसने उसी क्षण निश्चय किया कि वह चाहे परिस्थिति कैसी भी हों, वह उसका सामना साहस एवं आत्मविश्वास से करेगा।

अगले दिन सुपर मार्केट में झगड़ा हो गया। झगड़ा देखकर मोहन

घबरा गया। उसने कल घर में आत्मविश्वास और साहस से परिस्थिति का सामना करने की जो बात सोची थी, वह वास्तव में नहीं ला सका।

यदि राधा उससे कहती कि आपने कल देखे सिनेमा के नायक की तरह परिस्थिति का मुकाबला क्यों नहीं किया? ऐसा कहने से शायद मोहन की भावनाओं को ठेस पहुँचती, जिससे दोनों में विवाद होता और कोई परिणाम नहीं निकलता। उसने अपनी भावनाएँ व्यक्त न करके मोहन में आत्मविश्वास जगाने की कोशिश की।

मोहन कई वर्षों बाद कहता है कि, "राधा ने उसमें ऐसी विशेषताएँ देखी थीं, जिससे वह परिचित नहीं था और आज वह जो कुछ भी है, वह राधा के ही प्रयासों से है।"

राधा तथा मोहन सफल वैवाहिक जीवन के रहस्य को समझ गए थे, जिसमें दोनों एक-दूसरे में परस्पर सुधार लाने एवं संबंधों को समृद्ध बनाने के लिए प्रयत्नशील रहते थे। मानवीय आचरण विशेषज्ञ लॉअर एवं उनकी पत्नी जीनेट ने ऐसे 351 दंपतियों के आपसी संबंधों का अध्ययन किया, जिनके विवाह को कम-से-कम 15 वर्ष हो गए थे। उन्होंने पाया कि पति-पत्नी द्वारा एक-दूसरे को समझना एवं एक-दूसरे में छिपे गुणों का पता लगाकर उन गुणों का विकास करना ही सफल वैवाहिक जीवन की सबसे महत्त्वपूर्ण विशेषता है। लॉअर कहते हैं कि "एक-दूसरे में सुधार लाना एवं शिक्षा सफल वैवाहिक जीवन के लिए अत्यंत महत्त्वपूर्ण है।"

डेनवर यूनिवर्सिटी में दांपत्य एवं पारिवारिक अध्ययन केंद्र के निदेशक हॉवर्ड मार्कमैन कहते हैं कि "विवाह का सबसे पहला उद्‌देश्य होना चाहिए, एक-दूसरे में सुधार लाना एवं वैवाहिक जीवन को समृद्ध बनाना, जिसमें दोनों के प्रयत्नों की आवश्यकता है।"

विवाह दो व्यक्तियों के बीच ऐसी कड़ी है, जिसका उद्‌देश्य आपसी संबंधों में सुधार करना और उन्हें प्रोत्साहन देकर मजबूत बनाना

है। मनोवैज्ञानिक, जूदिथ बाईविक अपनी पुस्तक 'इन ट्रान्जिशॅन' में लिखती हैं कि "पति-पत्नी जितना एक-दूसरे को तहेदिल से चाहते हैं, उतना ही वे अपने आप में एक-दूसरे की इच्छाओं के अनुसार परिवर्तन लाने की कोशिश करते हैं।"

उदाहरण के लिए आप मिलिंद और संगीता को ही लें। मिलिंद शांत स्वभाव, एकांत चाहनेवाला और कम बोलनेवाला है। वह इमरजेंसी रूम का डॉक्टर है। उसे ट्रैकिंग और तैरने का शौक है, जबकि संगीता मनोवैज्ञानिक डॉक्टर है। वह अपनी भावनाओं को स्पष्ट रूप से व्यक्त करती है और अपने आपको भावना प्रधान समझती है। दोनों के आचार-विचार में बहुत भिन्नता होने के कारण दोनों ने सोच लिया कि हम अब अपना वैवाहिक जीवन सुचारु रूप में नहीं चला सकते। इसलिए मिलिंद, संगीता से अलग हो गया। वैवाहिक संबंधों को सुधारने के कार्यक्रम देखने के बाद उन्हें यह महसूस हो गया कि वैवाहिक जीवन का सही अर्थ ही है कि एक-दूसरे के गुणों को पहचानकर उनका विकास करना। इस तरह 10 साल बाद वे पुन: विवाह सूत्र में बँध गए और उन्होंने अपने जैसे भूले-भटके विवाहितों को भी सलाह देने का काम शुरू किया।

संगीता कहती है कि अन्य विवाहितों को मार्गदर्शन करते समय मिलिंद शारीरिक पक्ष के महत्त्व को और मैं भावनात्मक महत्त्व को समझाने का काम करती हूँ। मुझे लगता है कि हमें दूसरों को विश्वास दिलाकर उन्हें हमारी बात सुनने के लिए तैयार करना चाहिए। मिलिंद को भी लगा कि अपनी भावनाएँ हमें अपने जीवनसाथी से व्यक्त कर देनी चाहिए। इसी प्रकार मित्रों/अन्य लोगों से संबंधित भावनाएँ भी स्पष्ट रूप से व्यक्त करनी चाहिए। यह देखकर मुझे सीख मिली कि बोलने से पहले मैं यह समझूँ कि मैं क्या बोल रही हूँ? मिलिंद की सीख के अनुसार, मैंने अपने आपको आज तक इतना चुस्त बनाए रखा है कि नानी बनने के बाद भी मैं आज भी स्केटिंग कर सकती हूँ।

नार्थ कैलिफोर्निया स्थित वेक फॉरेस्ट यूनिवर्सिटी में मनोविज्ञान के विशेषज्ञ असिस्टेंट प्रोफेसर साराह कैटरॉन कहती हैं कि आप अपने साथी को सुधार सकते हैं, लेकिन उसका संपूर्ण व्यक्तित्व नहीं बदल सकते। संपूर्ण व्यक्तित्व में बदलाव जरूरत से ज्यादा अपेक्षा करने के समान है। वह आगे कहती है कि "कुछ ऐसे बदलाव होते हैं, जो व्यक्ति में नहीं लाए जा सकते।" हम अपने साथी में चाहे कितना भी सुधार लाने का प्रयास करें, उसमें थोड़ी-बहुत कमियाँ तो रह ही जाएँगी।"

आपसी विश्वास एवं प्यार से ही वैवाहिक संबंधों को मधुर एवं सुदृढ़ बनाया जा सकता है। अपने साथी के साथ निम्न प्रकार से संबंध सुधारे जा सकते हैं—

मित्र बनकर : मार्कमैन कहते हैं कि जब आप आपसी सुधारों के संदर्भ में एक-दूसरे की ओर मित्रत्व की भावना से देखते हैं तो आपको मित्र का महत्त्व मालूम पड़ता है। मित्र वह होता है, जिस पर भरोसा करते हैं, जो आपकी बातें सुनता है और जिससे आप निस्संकोच भाव से अपनी सारी भावनाएँ व्यक्त करते हैं।

दुर्भाग्यवश, कई दंपती मित्रों की भाँति पेश नहीं आते। वे अपने साथी को नाम से पुकारकर, उसकी मजाक बनाकर, उसके दोषों की आलोचना करके उसमें 'सुधार' लाना चाहते हैं। संगीता कहती है कि "उपर्युक्त प्रकार से दूसरे व्यक्ति के साथ पेश आना उचित नहीं है।" वह स्वयं के विचार व्यक्त करते हुए आगे कहती है कि उसे तब अच्छा लगता है, जब आप उसकी बातों को ध्यानपूर्वक सुनते हैं।

महत्त्वपूर्ण बातों पर ही ध्यान दें : दंपतियों के वैवाहिक संबंधों में समृद्धि लाने वाले एसोसिएशन के विशेषज्ञ बेटसे बिलॅर्ड कहते हैं कि आप खाना खाते समय टेबल मैनर्स की ओर ध्यान न देकर आपकी पत्नी के बनाए स्वादिष्ट खाने या प्यार से खाना परोसने आदि को महत्त्व दो।

आपको साथी के कुछ कार्य अच्छे नहीं लगते होंगे, लेकिन उसके

अन्य अच्छे कार्यों की ओर देखकर आपको नापसंद कार्यों की अनदेखी करनी चाहिए। एक पत्नी को उसके पति द्वारा तबला बजाना अच्छा नहीं लगता था। वह कहती है कि जब भी वे तबला बजाते, उसका ध्यान काम से हट जाता, लेकिन वह पति के अन्य गुणों को देखकर तबला बजाने की उसकी आदत की ओर अनदेखी कर देती है।

अच्छी तरह समझें : कैटरॉन कहती हैं कि छोटी-छोटी बातों को लेकर पति-पत्नी के संबंध बिगड़ते हैं, लेकिन यदि पति-पत्नी एक-दूसरे की इच्छाएँ जानकर और एक-दूसरे को प्रोत्साहित करें तो वैवाहिक संबंध और सुखकर हो सकते हैं।

उदाहरण के लिए, कमला अपना कॅरियर बनाना चाहती थी, लेकिन उसका पति हरीश नहीं चाहता कि वह कहीं नौकरी करे। पति की अनिच्छा देखकर उसने घर का कामकाज सँभालकर कुछ समय निःशुल्क सेवा अस्पताल के लिए देना शुरू किया, जिससे उसके पति की प्रतिमा को धक्का नहीं लगा। इसके साथ-साथ कमला ने कुछ और कोर्स किए और अपने पति के काम में हाथ बँटाया। कोर्स से मिले ज्ञान से, उसे पहले अंशकालिक व बाद में पूर्णकालिक नौकरी मिली। हरीश ने महसूस किया कि नौकरी के कारण कमला खुश रहती है और इसके कारण उनका वैवाहिक जीवन और भी सुखकर हो गया। अब हरीश नौकरी में और कामयाबी पाने के लिए उसे प्रोत्साहित करता और उसकी पत्नी के कॅरियर के बारे में बड़े गर्व से बातें करता।

आदर्श प्रस्तुत करें : कैलिफोर्निया स्थित सुखी वैवाहिक जीवन केंद्र के माइकल स्प्रिंग को एक व्यक्ति ने बताया कि उसकी पत्नी की दूरदर्शिता को देखकर वह भी दूरदर्शी बन गया है।

यदि आप चाहते हैं कि आपका साथी ज्यादा जिम्मेदार बने तो आप खुद जिम्मेदारी का उदाहरण पेश करें। यदि आपका उद्देश्य प्रेम की भावना बढ़ाना है तो पहले आप दूसरों के सामने अपना उदाहरण प्रस्तुत

करें। जब आप दूसरे व्यक्ति का साहस देखना चाहते हैं तो पहले आप यह दिखाएँ कि आप किसी भी कठिन परिस्थिति का मुकाबला आसानी से कर सकते हैं।

अपनी भावनाएँ निस्संकोच व्यक्त करें : सीमा ने अपने नीरस वैवाहिक जीवन के लिए अपने पति सुरेश को जिम्मेदार ठहराया। सीमा और सुरेश दोनों एक-दूसरे का भावनात्मक आधार चाहते थे। लेकिन दोनों ने अपनी इस भावना को कभी व्यक्त नहीं किया, जिसके कारण दोनों भावनिक स्तर पर दुःखी रहे। इसलिए मनोवैज्ञानिकों की राय है कि पति-पत्नी को अपनी भावनाएँ स्पष्ट रूप से व्यक्त करनी चाहिए।

बदलाव से मत घबराइए : समय के साथ-साथ व्यक्ति और संबंधों में भी बदलाव आ जाता है। यह बदलाव सकारात्मक होना चाहिए। कभी-कभी पति अपनी पत्नी को इस भय से आगे बढ़ने नहीं देना चाहते कि घर में उनका महत्त्व घट जाएगा या कभी-कभी पत्नी को ऐसा लगता है कि यदि पति को पदोन्नति मिल गई तो वह पीछे छूट जाएगी। कभी लोग एक-दूसरे से शिकायत करते हैं कि मैंने जिन विशेषताओं को देखकर तुमसे शादी की थी, वह तुम नहीं हो; लेकिन सुखी दंपती यह जानते हैं कि किसी एक साथी के ऊपर उठने से उन्हें खुशी होनी चाहिए, न कि दुःख।

वैवाहिक जीवन में पति और पत्नी एक-दूसरे पर विश्वास करते हैं, जिसमें प्यार एवं समर्पण की भावना रहती है, जिसके कारण दोनों की उन्नति होती है। वास्तव में वैवाहिक जीवन रथ के दो पहिए हैं—पति और पत्नी। दोनों के आपसी सहयोग से ही इसको समृद्ध एवं वैभवशाली बनाया जा सकता है।

□

20

पारिवारिक संबंधों के पाँच मूल मंत्र

डॉक्टर ने जाँच कर मुझे बताया कि मेरे वोकल कॉर्ड में कुछ गाँठें पड़ गई हैं। उन्होंने चेतावनी दी कि "मेरे गले को पूर्ण विश्राम की आवश्यकता है। यदि मैं एक हफ्ते तक चुप रहूँ तो गले के लिए अच्छा रहेगा और यदि मैं एक महीने तक चुप रह सकूँ तो और भी अच्छा रहेगा।"

यह मेरे लिए असंभव था, क्योंकि बिना बात किए परिवार का एक दिन भी चलना मुश्किल था।

मैंने अब जेब में एक नोटबुक रखना शुरू कर दिया। मेरे पति रमेश जब मुझसे कोई सवाल करते तो मैं उनके प्रश्न का उत्तर नोटबुक पर लिखकर उन्हें दिखा देती। भोजन के समय मैं कुछ मजेदार बातें कागज पर लिखकर पति और बच्चों को दिखाती, ऐसा करना परेशानदायक था। अब मैं साधारण प्रश्नों के उत्तर सिर हिलाकर देने लगी। ऐसा करने से मुझे लगा कि मेरे और परिवार के बीच दूरी बढ़ती जा रही है।

डॉ. सुरेश जब मुझे दोबारा देखने आए, तब उन्होंने बताया कि मेरे गले में सुधार नहीं है और गाँठों को ऑपरेशन करके निकालना होगा। सन् 1969 में, जनवरी तथा मार्च महीने में मेरे गले के दो ऑपरेशन किए गए।

ऑपरेशन के बाद डॉ. सुरेश ने सलाह दी कि मुझे अभी एक हफ्ते तक और मौन रहना होगा।

वे आगे बोले कि "मैं आपको डरा नहीं रहा हूँ, लेकिन हो सकता है कि गाँठें फिर से निकल आएँ।"

अस्पताल छोड़ते समय मेरे मन में भय उत्पन्न हुआ कि क्या मैं फिर से बोल सकूँगी?

मेरा मन निराशा के अंधकार में डूब गया। मुझे पहले अपने और परिवार के बीच निकटता लगती थी, लेकिन अब मुझे अहसास होने लगा कि मेरे और परिवार के बीच दरार पड़ रही है। मैंने इस भावना को अपने पति रमेश से कभी प्रकट नहीं किया और न ही मेरे बारे में उसके विचार जानने चाहे। मेरे बच्चों की मेरे बारे में क्या प्रतिक्रिया है, मुझे मालूम नहीं थी। मैं बोल नहीं सकती थी और परिवार की प्रतिक्रिया नहीं समझ सकती थी, इसलिए मैं निराश थी—'हे भगवान्! यह सब कैसे हुए? ऐसी हालत में लोग कैसे पेश आते हैं? भगवान् मेरी मदद करो!'

बचपन के बाद मैं पहली बार रोई और पैंतीस वर्षों से दबी भावनाएँ प्रकट हुई। मेरा जन्म दिल्ली स्थित श्रमिक वर्ग वाले परिवार में सबसे बड़ी पुत्री के रूप में हुआ। मेरे पिता की कड़ी मेहनत ने उन्हें सीख दी थी कि जो शक्तिशाली होता है वही जीतता है, मेरे पिता ने मुझे कभी रोने या भयभीत होना नहीं सिखाया।

धीरे-धीरे मेरी भावनाएँ नष्ट हो गईं और मूक व्यक्ति की क्या स्थिति होती है, उसका मुझे अहसास हुआ। हम सब अधिकांश समय बातें करने में गुजारते हैं, लेकिन जो बातें करनी चाहिए वह नहीं करते, इसके कारण मुझमें परिवर्तन आया। मैंने निश्चय किया कि यदि मैं परिवारवालों से बात नहीं कर सकी तो अपनी भावनाओं को व्यक्त करने का कोई-न-कोई दूसरा मार्ग अवश्य निकाल लूँगी।

कुछ दिनों बाद मेरे मन में अनेक प्रश्न उठे, जिन्हें मैं रमेश एवं

बच्चों से पूछना चाहती थी। क्या कभी रमेश को डर लगता है ? राम बड़ा होकर क्या बनना चाहता है ? श्याम को कौन सी चार बातें सबसे अच्छी लगती हैं ? मैं भी चाहती थी कि वे भी मुझसे कुछ पूछें। जैसे मुझे कब खुशी होती है ? मुझे कब गुस्सा आता है ? यदि मैं जीवित रही तो मैं क्या बदलाव लाऊँगी ?

एक दिन शाम के समय रसोई में मैं कागज के टुकड़ों की थप्पी लिये बैठी थी। हर कागज पर मैंने कुछ गंभीर, कुछ आम प्रश्न लिखे थे। जैसे प्यार की क्या परिभाषा है ? आप खाली समय में क्या करना चाहते हैं ? इन प्रश्नों का ईमानदारी से उत्तर देने पर व्यक्ति अपने बारे में जान सकता है। मैंने वैयक्तिक जीवन से संबंधित ऐसे 200 प्रश्न तैयार किए थे। टेबल पर रखे इन प्रश्नों की थप्पी देखकर मुझे बोर्ड गेम का खयाल आया।

यह साधारण खेल था। इसमें प्रश्नों की थप्पी को ऊपर-नीचे करके खिलाड़ी से कोई एक कागज निकालने के लिए कहना था। इस कागज में जगह थी, जिसमें वह अपने विचार लिख सकता था और बता सकता था। इस खेल में बातचीत की कोई जरूरत नहीं थी तथा इसमें हार-जीत की भी बात न थी।

अगले दिन शाम को रमेश तथा बच्चों के साथ यह खेल शुरू किया। पहले दौर में साधारण प्रश्न थे, जैसे छुट्टी कैसे मनाएँगे, प्रिय भोजन, सिनेमा के अच्छे अभिनेता आदि। जब मेरी बारी आई, तब मैंने प्रश्न का उत्तर लिखकर सबको दिखाया। मेरे परिवारवालों को मेरे उत्तर की प्रतीक्षा करने के सिवाय कोई विकल्प नहीं था। उनके इस तरह से पेश आने पर मुझे खुशी होती थी और लगा था कि मानो उन्हें मुझसे लगाव है।

रमेश ने बाद में थप्पी में से एक कागज निकाला, जिस पर लिखा था—"डर को बाँटें।" रमेश क्षण भर के लिए चुप रहे। वे बच्चों से धीमी आवाज में बोले, "तुम्हारी माँ बीमार है। मुझे चिंता रहती है कि उसके

बिना हमारा क्या हाल होगा? मेरी समझ में नहीं आता कि यदि उसे कुछ हो गया तो मैं तुम्हारा पालन कैसे दूर कर सकूँगा?"

मेरे पति की भावनाएँ जानकर मुझे आश्चर्य हुआ। हो सकता है कि मेरे बारे में डॉक्टर ने उन्हें ऐसा कुछ बताया होगा, जिससे वे डर गए होंगे।

राम पढ़ाई में होशियार था। उसने जो कागज उठाया, उसमें लिखा था—अपनी सफलता के बारे में बताओ। वह आहिस्ते से बोला, "मुझे सफलता शब्द अच्छा नहीं लगता, क्योंकि हरेक मुझसे ज्यादा-से-ज्यादा अपेक्षा करता है, जिसके कारण मैं हमेशा तनावग्रस्त रहता हूँ।"

यह सुनकर मैं हक्की-बक्की सी रह गई, क्योंकि उसकी बातें सुनकर मुझे लगा कि मैं ही दोषी हूँ। मैं ही हर समय उससे ज्यादा-से-ज्यादा अच्छा करने की अपेक्षा करती हूँ।

इसके बाद श्याम की बारी थी। उसने भी कागज उठाया उसमें लिखा था कि "आप पर जब कोई हँसता है, तब आपको कैसा लगता है?" वह नीचे जमीन की ओर सिर झुकाकर बोला, "मुझे लगता है कि मैं मर जाऊँ।" यह सुनकर उसका बड़ा भाई, जो उस पर हमेशा हँसता था, लज्जित हो गया।

इस प्रकार हम बारी-बारी से एक-दूसरे के विचार जानते गए। अंत में रमेश बोले कि "चलो, हम कल फिर से एक-दूसरे के विचार जानेंगे। मैं जितना आप लोगों को पिछले पाँच वर्षों में नहीं जान पाया था, उतना मैं इन बीस मिनटों में जान गया हूँ।"

इस खेल के माध्यम से मुझे काम के बारे में पति रमेश की समस्याएँ समझने का मौका मिला और मेरे मन में उसके प्रति सहानुभूति विकसित हुई। मैं बच्चों की बातें जानकर उनके और करीब आई। मैंने उन्हें प्यार दिया, जिससे वे अब मेरे साथ ज्यादा तर्क नहीं करते थे। रमेश हम सबसे खूब बातें करते थे। अब हम हर रविवार को एक साथ घूमने जाते और एक साथ मिलकर काम करते।

डॉ. सुरेश ने जब मुझे फिर से जाँच के लिए बुलाया, उस समय मैं घबराई हुई थी। उन्होंने जब बताया कि मैं ठीक हो गई हूँ, उस समय मुझे अत्यधिक प्रसन्नता हुई और ऐसा लगा कि मानो यह भगवान् का आशीर्वाद है। मैं पहले जो फालतू बातें करती थी, वह मैंने अब छोड़ दीं। इस दरम्यान मुझे आपसी व्यवहार की पाँच बातों का ज्ञान हुआ, जो निम्नलिखित हैं—

1. **सुनें—सिर्फ सुनें :** एक दिन मैंने निश्चय किया था कि उस दिन मैं बात नहीं करूँगी। लेकिन उसी दिन श्याम जब स्कूल से घर लौटा, तब वह चिल्लाकर बोला, "मुझे टीचर अच्छी नहीं लगती! मैं अब स्कूल कभी नहीं जाऊँगा!"

   थोड़ी देर बाद मेरा बेटा, जो इतना क्रोधित था, मेरे पास आया और अपना सिर मेरी गोद में रखकर मुझे अपने दिल की बात बताने लगा। वह बोला, "माँ, मुझे अपनी टीचर की बात दोहरानी थी, मेरे मुख से एक शब्द का गलत उच्चारण हो गया। गलत उच्चारण सुनकर टीचर ने मुझे सही उच्चारण बताया। मेरे उच्चारण को सुनकर सभी साथी हँसने लगे, जिससे मैं असमंजस में पड़ गया।"

   मेरे चुप रहने की वजह से ही श्याम ने अपने मन की बात मुझे बताई, उसे मेरी सलाह या डाँट की जरूरत नहीं थी। उसे बुरा लगा था और वह चाहता था कि कोई उसकी बात सुने।

   शांत रहने से मुझे सीख मिली थी कि बातचीत में सुननेवाला महत्त्वपूर्ण व्यक्ति होता है। जब तक मैं बोलती थी, उस समय तक मैंने दूसरे की ओर कभी ध्यान नहीं दिया कि वह क्या कर रहा है ? मैं केवल अपने ही बारे में बताने की सोचती थी और अकसर बीच में ही बोलने लगती थी।

2. **गुण-दोष न निकालें और धारणा न बनाएँ :** एक दिन दोपहर को मैं सहेली बीना के साथ उसकी रसोई में बैठी थी कि उतने में उसकी 16 वर्षीय लड़की आई और बोली, "अरे माँ, गर्भपात के बारे में तुम्हरा क्या खयाल है ?"

यह सुनते ही बीना के चेहरे का रंग उड़ गया और वह उसे डाँटते हुए बोली, "मैं तुम्हारे मुँह से इस प्रकार की बात दोबारा सुनना नहीं चाहती।"

बीना की बेटी ने ऐसा सवाल क्यों किया? इस बारे में उसने कभी सोचा भी नहीं था। लेकिन डाँट देने से अब वह इस प्रकार के सवाल कभी नहीं करेगी। हम लोग कभी यह नहीं सोचते कि सामनेवाले ने ऐसा प्रश्न क्यों किया और हम बिना समझे उसे डाँटकर चुप करा देते हैं।

दूसरी घटना इस प्रकार है कि एक दिन नंदा अपनी माँ के साथ कॉर्ड में लिखे प्रश्न का जवाब देने का खेल, खेल रही थी। इस कार्ड में जीवन का सबसे कटु अनुभव पूछा गया था। उसने अपनी सखी द्वारा किए गए गर्भपात का अनुभव बताया। यह सुनते ही नंदा की माँ, बीना की भाँति आश्चर्यचकित रह गई। लेकिन खेल के नियमों के अनुसार वह उसे कुछ न बोल सकी। अंत में जब उपर्युक्त पूछे गए प्रश्न पर उसे टिप्पणी के लिए कहा गया, तब वह बोली, "मुझे मालूम नहीं था कि तुम्हारे स्कूल में ऐसी भी लड़कियाँ हैं!"

यह सुनकर नंदा तुरंत बोली, "आप जानकर आश्चर्यचकित हो जाओगी। ऐसी कितनी लड़कियाँ हैं, जिन्हें मैं जानती हूँ।"

खेल खत्म होने के बाद माँ और बेटी एक साथ बातें करती

हुई चली गईं। यह पहला अवसर था, जब नंदा ने अपनी माँ से मन में छिपे सेक्स संबंधी विचारों को प्रकट किया। नंदा की माँ मुझसे बाद में बोली कि "मैं यह सोच भी नहीं सकती थी कि हमें ऐसे विषय पर भी बात करनी पड़ सकती है!"

यदि आप अपने बच्चे का उत्साह बढ़ाना चाहते हो तो सबसे पहले नकारात्मक प्रतिक्रिया से बचें। ऐसे समय जवाब दें, जैसे—"मुझे मालूम नहीं था कि तुम ऐसी बातों से परेशान हो।" इससे बच्चा निर्भीकता से अपनी भावनाएँ प्रकट करता है।

3. **अपनत्व की भावना से बोलें :** कई वर्ष पूर्व मैं पार्क में बैठी थी और पास में ही बच्चे फुटबॉल खेल रहे थे। खेल खत्म होने पर एक दस वर्षीय लड़के ने बड़े घमंड के साथ चिल्लाते हुए अपने पिता से पूछा, "पापा, क्या आपने मुझे गोल करते देखा था?"

यह सुनकर पिता बोले, "तुमसे खेल के बीच में गेंद कैसे छूट गई? तुम्हें ड्रिबलिंग का अभ्यास करना चाहिए।"

मैंने देखा कि पिता की यह बात सुनकर उस बच्चे का उत्साह खत्म हो गया।

मेरे विचार से बच्चे ने अपने मन की बात कही थी। उसकी भावनाओं और खुशी को नजरअंदाज करते हुए पिता ने उसे नाराज कर दिया। पिता को पहले गोल करने के लिए शाबाशी देनी चाहिए थी, फिर उसे ड्रिबलिंग के बारे में बताना था। इससे उसका उत्साह बरकरार रहता, लेकिन उसके पिता ने ऐसा नहीं किया, जिसका परिणाम यह होगा कि भविष्य में बच्चा अपने पिता से किसी भी प्रकार की सहायता माँगने के लिए हिचकिचाएगा।

4. **मानकर न चलें :** कई लोग बच्चों, पति/पत्नी के बारे में पूर्व धारणाएँ बना लेते हैं, जिसके कारण व्यवहार में बदलाव आ जाता है। कभी भी यह मानकर न चलें कि हम दूसरे व्यक्ति के विचारों और भावनाओं को समझते हैं।

यशवंत तथा किरण कार्ड वाला खेल पिछले आधे घंटे से खेल रहे थे। किरण ने कार्ड निकाला, जिसमें लिखा था—"क्या आपको कभी अकेलेपन का अहसास हुआ है ?" यह पढ़कर वह धीरे से बोली, "मुझे रात में अकेलेपन का अहसास होता है।" यह सुनते ही उसका पति शरमा गया।

खेल खत्म होने के बाद, यशवंत बोला, "तुम ऐसा कैसे कहती हो ?"

यशवंत का प्रश्न सुनते ही किरण बोली, "हर रोज रात को जब हम साथ सोते हैं, तब आप पीठ मेरी तरफ कर देते हैं।"

यशवंत आश्चर्यचकित रह गया। वह बोला, "स्कूल में फुटबॉल खेलते समय मेरी पसली में चोट लगी, जो आज तक ठीक नहीं हुई है, इसलिए मैं करवट लेकर सोता हूँ, ताकि पसली दर्द न करें।"

अचानक, दो हफ्ते बाद यशवंत और किरण से मैं डिपार्टमेंट स्टोर में मिली। मिलने पर मुझे किरण ने बताया, "हमने समस्या का हल निकाल लिया है और अब हमने बिस्तर में लेटने की अपनी दिशा बदल ली है।"

5. **प्यार जताएँ :** शब्दों की भाँति प्यार जताना भी महत्त्वपूर्ण होता है। एक दिन शाम के समय कार्ड का खेल भावना अपने पति और दो बच्चों के साथ खेल रही थी। तैंतालीस वर्षीय भावना देखने में सुंदर एवं आर्थिक रूप से संपन्न थी। उसे देखकर मुझे लगा कि वह ऐसी महिला थी, जिसके पास

सबकुछ था। भावना ने कार्ड निकाला, जिसमें लिखा था कि उसका सबसे पीड़ादायक क्षण कौन सा था? वह बोली, "जब मैं छह साल की थी, उस समय मेरी माँ बोली कि मैं बड़ी हो गई हूँ और वह अब मुझे प्यार से चूमेगी नहीं। यह सुनकर मुझे बहुत बुरा लगा और हर रोज सवेरे उठकर मैं गुसलखाने में जाती और उस कपड़े को ढूँढ़ती, जिससे माँ अपनी लिपस्टिक पोंछती थी। यह कपड़ा मैं दिन भर अपने साथ रखती और जब भी मुझे माँ के प्यार की इच्छा होती, तब मैं कपड़े पर लगी लिपस्टिक के धब्बे को गाल से लगाती।"

मैं भावना को जितना सुखी समझती थी, वैसी उसकी जिंदगी नहीं थी। करीब 40 वर्षों से वह माँ का प्यार न मिलने की मनोव्यथा को झेल रही थी। उसके दुःख को देखकर मुझे लगा कि क्या कोई स्त्री इतने लंबे समय तक ऐसा दुःख झेल सकती है?

एक दिन भावना का आठ वर्षीय लड़का चुपचाप उसके पास गया और बिना बोले उसने अपना नन्हा सा हाथ उसके गले में डाल दिया और उसने माँ को प्यार से चूम लिया। बेटे की इस कृति से भावना की आँखों में खुशी के आँसू आ गए। उसे लगा कि जो गलती उसकी माँ ने की थी, वह उसने नहीं की।

□

21
पति पर चिल्लाएँ नहीं

किसी भी अनुचित बात पर गुस्सा आना स्वाभाविक प्रक्रिया है। लेकिन पति-पत्नी के नाजुक रिश्ते में बात-बात पर नाराज हो जाना रिश्तों में कड़वाहट पैदा करता है। ऐसी स्थिति से बचने के लिए पति-पत्नी को आपसी विचारों में तालमेल रखना होगा।

गीता हर बार अपने बेटे के बालों में बहुत ज्यादा तेल लगाया करती थी। उसके पति ने उसे कई बार समझाया कि कम तेल लगाया करे, पर वह मानी नहीं। कई बार तो उसके पति को राहुल के चेहरे से तेल पोंछना पड़ता था। एक बार पति-पत्नी पुत्र सहित कहीं बाहर जा रहे थे। बस में पुत्र को नींद आ रही थी। उसने माँ की गोद में सिर रखकर सोना चाहा, तो माँ ने डाँट दिया, "ए राहुल सो मत, सीधा बैठ। मेरी साड़ी में तेल लग जाएगा।" पति ने बीच में ही टोका, "इसीलिए तो कहता हूँ कि तेल कम लगाया करो।"

गीता को बहुत बुरा लगा। वह जोर-जोर से चिल्लाने लगी, "तुम्हें यह तेल ज्यादा दिखाई देता है। जहाँ देखो, वहाँ बक-बक करने लग जाते हो।" गीता के मन में जो आया, वह पति से कहती रही। बस में बैठे अन्य यात्री भी आनंद के साथ सब सुनते रहे। उस बस में उनके कई साथी भी बैठे थे। पत्नी के इस कार्य का उन्हें बहुत सदमा लगा। तब से

वह पत्नी से बहुत कम बोलते हैं। यदि पत्नी कुछ पूछती तो सिर्फ हाँ या न में उत्तर देते। इसका उनके सुखी जीवन पर बहुत गहरा असर पड़ा। परिवार में एक अजीब सा माहौल बन गया। परिणाम यह हुआ कि पुत्र भी एकांतप्रिय व नकारात्मक आचार-विचार का पुतला बन गया।

पति-पत्नी परिवार की न्यूनतम इकाई है। यदि इन दोनों में से किसी एक का अपमान होता है तो पूरे परिवार का अपमान होता है। अपमान और चिल्लाना एक-दूसरे के पूरक हैं। जहाँ एक होता है, वहाँ दूसरा पहुँच जाता है। अपमान या तो व्यंग्यात्मक आवाज में किया जाता है या चिल्लाकर। चिल्लाने से सच्चाई को दबाया नहीं जा सकता। चिल्लाने से किसी बात का हल नहीं निकलता, बल्कि बात उलझती है। चिल्लाने से बच्चों पर भी गलत प्रभाव पड़ता है। वे जैसा व्यवहार देखते हैं, वैसा ही व्यवहार करते हैं। वातावरण का उन पर गहरा प्रभाव पड़ता है। घृणा के बीच रहकर वे प्रेम करना कैसे सीख सकते हैं?

उचित यही है कि परिवार के हितों को ध्यान में रखकर जब भी आपका मन चिल्लाने का हो तो सोचें कि आप जिस बात पर चिल्लाना चाहती हैं, वह बात गलत तो नहीं है? यदि हाँ, तो गलती किसकी है? आपकी या आपके पति की?

अचानक पत्नी चिल्ला पड़ती है, क्योंकि—

- पति कुछ लाना भूल जाते हैं।
- जो कुछ आप कहती हैं, पति वह नहीं मानते।
- बच्चों की शैतानी और आपकी खीज के बीच पति बोलते हैं।
- बेबात मशविरा या सुझाव देते हैं।
- आपके हर अच्छे कार्यों पर रोक लगाते हैं।
- बिना बात रोकते-टोकते हैं।
- अच्छी क्वालिटी की चीजें नहीं लाते हैं या बाजार में ठगे जाते हैं।

- जैसा व्यवहार आप चाहती हैं, वह वैसा व्यवहार नहीं करते हैं।

ऐसी किसी भी बात पर आज के बाद न चिल्लाएँ। यदि इस प्रकार के अन्य कारणों से आप चिल्लाती हैं तो चिल्लाने से आपकी ये समस्याएँ कम होने की बजाए बढ़ेंगी। इसमें बच्चे बहुत आनंद का अनुभव करेंगे और आपको चिल्लाने के लिए उकसाएँगे, क्योंकि वे इस वातावरण में रहने के अभ्यस्त हो गए हैं।

शांत चित्त व्यक्ति व व्यथित व्यक्ति के चेहरे को देखने में आपको काफी अंतर महसूस होगा। शांत व्यक्ति के चेहरे में आकर्षण और चमक दिखाई देगी और सभी उसके कार्य की सराहना करेंगे। इसके विपरीत, चिढ़ने, चिल्लाने व खीजने वाले व्यक्ति दुःखी, आक्रांत, त्रस्त, हताश और असफल पाए जाते हैं। आदमी जैसा सोचता है, वैसा ही कार्य करता है। यदि वह घृणा के बारे में सोचेगा तो वह घृणा ही करेगा। स्वयं का आचरण भी उसकी सोच के हिसाब से होगा। वह स्वयं दुःखी होगा एवं दूसरे को भी दुःखी करेगा।

कोई भी व्यक्ति यह नहीं चाहता कि वह दुःखी हो, रोए, चिल्लाए, पर वह दिमागी तौर पर हँसने, मुसकराने के बारे में नहीं सोचता, तो वह यह कार्य नहीं कर पाता। कार्य की रूपरेखा पहले मस्तिष्क में बनती है, बाद में कार्यरूप ग्रहण करती है, इसलिए हमेशा यह प्रयास करें कि कभी भी न हिचकें और न चिल्लाएँ, इससे बुद्धि विवेक का संतुलन बिगड़ता है।

□

22
परिवार के प्रति पत्नी की जिम्मेदारी

कामकाजी महिलाओं को पति व बच्चों की ओर पूरा ध्यान देने का समय ही नहीं मिलता है और नौकरी लगने पर महत्त्वाकांक्षाएँ इतनी बढ़ जाती हैं कि कई बार नौकरी बचाने की खातिर महिलाओं को अपने घर-परिवार की सुख-शांति तक दाँव पर लगानी पड़ती है।

हो सकता है बहुत सी कामकाजी महिलाएँ इससे सहमत न हों, लेकिन यह एक कड़वी सच्चाई है। दोहरी भूमिका निभाते-निभाते पति-पत्नी में आपसी मतभेद इतने बढ़ जाते हैं कि संबंधों के टूटने की आशंका हर घड़ी बनी रहती है। ऐसे में नौकरी को बचाना और भी जरूरी हो जाता है। इसीलिए बहुत सी कामकाजी महिलाएँ स्वार्थी व आत्मकेंद्रित हो जाती हैं। अपने अनिश्चित भविष्य की सुरक्षा के लिए उन्हें नौकरी ही एकमात्र सहारा दिखाई देती है।

कुछ महिलाएँ सोचती हैं कि नौकरी औरत की बहुत बड़ी ताकत है। लेकिन ऐसा नहीं है। यदि पत्नी, पति को सहयोग दे तो वह आगे बढ़ सकता है। इससे घर, घर जैसा लगेगा। कुछ महिलाओं का मानना है कि "अगर घर में ही बैठना था, पति और बच्चों की सेवा ही करनी थी तो इतना पढ़ने-लिखने की क्या जरूरत थी? क्या पढ़ाई-लिखाई सिर्फ पैसा

कमाने के लिए की जाती है? उसका कोई और उपयोग नहीं है?" यह कौन सी पुस्तक में लिखा है कि उच्च शिक्षा ग्रहण करने के बाद औरत को रसोई में नहीं जाना चाहिए? यदि पत्नी नौकरी न करे तो पति-पत्नी करीब आ सकते हैं। इससे पति घर की चिंताओं से मुक्त हो जाता है और वह अपना ध्यान अन्य कार्यों पर केंद्रित कर सकता है। पत्नी यदि सोच ले कि वह शिक्षा का उपयोग अपने बच्चों का कॅरियर बनाने के लिए करेगी, इसका परिणाम उसके लिए फलदायक ही होगा। विवाह के बाद औरत का कॅरियर सुखी दांपत्य व सफल पारिवारिक जीवन में है।

कभी-कभी हम देखते हैं कि घर व दफ्तर की भाग-दौड़ से उपजे तनाव के चलते झूठे स्वाभिमान की खातिर कोई पति को छोड़ देती है तो नौकरी न छोड़ने की जिद्द के कारण किसी का पति छोड़ देता है और बाकी किसी तरह दांपत्य की लड़खड़ाती हुई गाड़ी को खींचने का प्रयास करती हैं। बच्चों की तरफ समुचित ध्यान न दे सकने के कारण बच्चे भी गुमराह हो जाते हैं। बच्चे के संपूर्ण मानसिक व शारीरिक विकास के लिए स्वस्थ वातावरण की जरूरत होती है। पति-पत्नी दोनों के कामकाजी होने से घर का वातावरण उदासीन व बोझिल सा रहता है। पति-पत्नी का आपसी झगड़ा व तनाव भी बच्चों की मानसिकता को प्रभावित करता है। घर व दफ्तर की दोहरी जिम्मेदारी के बोझ से परेशान कामकाजी महिलाएँ बच्चों के प्रति अपने बहुत से कर्तव्यों से उदासीन हो जाती हैं। दोष उनका नहीं है, उन्हें समय ही नहीं मिलता है। कामकाजी महिलाएँ चाहकर भी पूरी तरह से गृहस्थी व परिवार से जुड़ नहीं पाती हैं, क्योंकि दोनों के बीच कहीं उनका कार्यालय दीवार बनकर खड़ा रहता है। दफ्तर पहुँचने के चक्कर में बहुत सी माँओं के पास सुबह इतना समय ही नहीं होता कि तसल्ली से बच्चे को खिला-पिला सकें। भूखे बच्चे को क्रेच में या घर पर आया के भरोसे छोड़कर आई माँ के लिए दफ्तर में बैठना अत्यधिक कष्टदायक होता है।

कामकाजी महिलाओं के बच्चे जिद्दी व मनमानी करनेवाले होते हैं। इसलिए पढ़ाई की तरफ उनका विशेष ध्यान नहीं रहता है। बच्चे की हर जिद्द को मान लेने के सिवा उनके पास कोई चारा भी नहीं होता, क्योंकि उनके पास शक्ति व सामर्थ्य का अभाव होता है। उसे टालने व समझाने की बजाय वे जिद्द पूरी कर छुटकारा पाना बेहतर समझती हैं। इसके विपरीत, घर पर रहनेवाली माँ के पास बच्चों को समझाने-बुझाने का पर्याप्त समय होता है। उसके दिलो-दिमाग पर गृहस्थी के अतिरिक्त कोई अन्य बोझ नहीं होता, इसलिए वह बिना खीजे व चिढ़े बच्चे से अपनी हर बात मनवा लेती है। इस तरह बच्चे बड़े होने तक उनके कहने में रहते हैं। कामकाजी माताओं के पास बच्चों की पढ़ाई-लिखाई की तरफ ध्यान देने का पर्याप्त समय नहीं होता है, इसीलिए उनके बच्चे पढ़ाई में पिछड़ जाते हैं। दफ्तर से आकर गृहकार्य करवाना किसी मुसीबत से कम नहीं लगता है।

ऐसे बच्चे पढ़ाई से विमुख हो जाते हैं। समय पर व संतुलित आहार न मिलने के कारण धीरे-धीरे बच्चों का स्वास्थ्य बिगड़ जाता है। पढ़ाई-लिखाई में कमजोर बच्चे बहुत जल्दी बुरी आदतों का शिकार हो जाते हैं। घर पर अकेले रहने के कारण वे चोरी-चोरी अश्लील साहित्य पढ़कर व ब्लू फिल्में देखकर कुमारावस्था में ही गुमराह हो जाते हैं। उचित मार्गदर्शन न मिलने पर सिगरेट, शराब, जुआ व नशीले पदार्थों का सेवन करने लगते हैं। इस तरह बच्चों के साथ-साथ माता-पिता का भी शेष जीवन चौपट हो जाता है। अगर हम अपने आस-पास झाँककर देखें तो पाएँगे कि अधिकतर सफल महिलाओं की सफलता की पीछे छिपी है उनके परिवारों के बिखराव की कहानी और हर सफल पुरुष के पीछे है—उसकी पत्नी का धैर्य, त्याग और माँ का प्रेम व बलिदान।

शिक्षा अमूल्य निधि है। शिक्षा का उपयोग सिर्फ अपना कॅरियर

बनाने में नहीं, बल्कि पति व बच्चों का कॅरियर बनाने में किया जाना चाहिए। आवश्यकता पड़ने पर धनार्जन के लिए भी शिक्षा का उपयोग किया जा सकता है। स्त्री चाहे अल्प शिक्षित हो या उच्च शिक्षित, सफल वही है, जो अपने पति व बच्चों के बीच है। सफल, सुखी दांपत्य जीवन व बच्चों का उज्ज्वल भविष्य ही हर पत्नी का, माँ का कॅरियर है।

□

23

अनुभवी महिला द्वारा जवान पत्नी को सलाह

मैं भी आपके समान एक समय किसी की पत्नी थी, किसी से प्यार करती थी, लेकिन संतानहीन होने के कारण हमारे वैवाहिक जीवन में दरार आ गई। वैवाहिक जीवन अर्थहीन होने के कारण हमने तलाक लिया।

मैं जहाँ काम करती थी, वहाँ दो वर्ष बाद मेरा परिचय एक व्यक्ति से हुआ। वह विवाहित था और मैं जानती थी कि वह अपनी पत्नी को नहीं छोड़ेगा, लेकिन जब उसने प्यार का इजहार किया तो मुझे आश्चर्य हुआ। हमने अपने अनैतिक संबंध छिपाने की कभी कोशिश नहीं की।

मैं आज बूढ़ी हो गई हूँ, लेकिन अपने जीवन के अनुभवों से मैं यही निष्कर्ष निकालती हूँ कि प्रेयसी रोमांस के बारे में और पत्नी व्यावहारिकता के बारे में ज्यादा जानती हैं, तो दोनों एक-दूसरे के अनुभवों से कुछ सीख सकती हैं। वे ऐसा अकसर नहीं करतीं, क्योंकि समाज का यह मानना है कि प्रेयसी अनुचित कार्य करती है, इसलिए उसे सही मार्ग पर चलनेवाली स्त्री को कुछ कहने का अधिकार नहीं है, फिर भी प्रेयसी अपने अनुभव बताती है।

केवल भोजन से नहीं

किसी के साथ अनैतिक प्रेम संबंध रखने से अच्छा है कि उससे विवाह कर लो। पत्नी केवल नाममात्र की ही पत्नी नहीं होनी चाहिए, बल्कि उसे अपने पति को प्यार देना आना चाहिए।

प्रेयसी बनना न केवल समाज की दृष्टि से बुरा है, बल्कि अपने बच्चों, घर, सुरक्षा एवं वृद्धावस्था के लिए भी हानिकारक है। परंतु प्रेम संबंध जोखिम लेने की भावना बढ़ाता है और जोखिम लेना आत्मा के लिए उतना ही आवश्यक है, जितना कि शरीर के लिए भोजन।

लड़का तथा लड़की ज्यों-ज्यों जवान होते हैं, उन्हें जोखिम लेना सिखाया जाता है। खाना खाने, वेतन लाने, सुरक्षित जीवन एवं हर रोज एक ही समय पर घर लौटने से काम नहीं चलता। इससे दोनों साथीदारों का जीवन नीरस हो जाता है। आदमी तथा औरत को अपने भाव निर्भीकतापूर्वक व्यक्त करने चाहिए और अंदर-ही-अंदर नहीं घुटना चाहिए। वैवाहिक संबंधों का अंत तभी हो जाता है, जब साथीदार एक-दूसरे के विचारों को स्वतंत्र रूप से प्रकट होने नहीं देते।

प्यार करना

एक सफल प्रेयसी जानती है कि प्यार कैसे हासिल किया जाए, लेकिन पत्नी को प्यार हासिल करने के बारे में जानना चाहिए। बिना सोचे-समझे प्यार करना उचित नहीं होता। यह अच्छा तो लगता है, लेकिन कुकुरमुत्ते की भाँति बड़ा घातक होता है।

प्रेम संबंध खत्म होने पर भी प्रेयसी अपने अस्तित्व को बनाए रखती है। वह न केवल प्यार पाती है, बल्कि उस पर अधिकार भी रखती है।

सृष्टि की तुलना में आदमी का जीवन बहुत कम है। इस छोटे से जीवन में उसे एक-दूसरे से प्रेम करना चाहिए। जो लोग इस सत्य को जान लेते हैं, वे हमेशा प्यार पाते हैं।

प्यार में समर्पण (डिवोशन) की भावना

मैं एक व्यक्ति को जानता हूँ, जो युद्ध से अचानक छुट्टी लेकर घर आया था। उसने देखा कि उसकी पत्नी किसी दूसरे व्यक्ति के साथ रहती है। यह देखकर वह आश्चर्यचकित हो गया। गुस्से में आकर उसने उस व्यक्ति को घर से निकाल दिया और चुपचाप चला गया। कई महीने बीत गए, लेकिन उसने तलाक के संबंध में कोई निर्णय नहीं लिया। मेरे पूछने पर कि निर्णय क्यों नहीं लिया ? वह बोला, "तलाक देने से क्या फायदा ? मैं वास्तविकता समझ गया हूँ। मेरी पत्नी अब मेरे लिए अजनबी है।"

हस्तक्षेप न करें/दखल न दें

कई पत्नियाँ अपने पतियों के कॅरियर में सहायक की भूमिका निभाती हैं, लेकिन जब उनके त्याग की प्रशंसा नहीं की जाती तो वे निराश हो जाती हैं। पति की सफलता के लिए पत्नी द्वारा किए गए प्रयासों की अनदेखी करना उसके साथ अन्याय है।

विवाह के समय बुद्धिमान पति ने अपनी पत्नी से कहा, "प्रिये, मैं तुमसे प्यार करता हूँ। मुझे अपने घर में तुम, बच्चे एवं हम दोनों का मनोमिलन होना चाहिए, लेकिन मेरे काम में तुम दखल न देना।"

उपर्युक्त व्यक्ति उपन्यासकार एवं नाटककार के रूप में अपने कॅरियर की शुरुआत कर रहा था। उसकी पत्नी उत्साह से उस दिन के सपने देखती, जब उसके पति को सम्मान मिलेगा, जिसमें वह भी शामिल होगी! उसने अपनी पहली पुस्तक अपनी पत्नी के नाम समर्पित की।

वर्तमान में जीना

पत्नियाँ तथा प्रेयसियों का दृष्टिकोण अलग-अलग होता है। पत्नी वर्तमान की अपेक्षा भविष्य का ज्यादा खयाल करती हैं। वह सबकुछ

भविष्य को ध्यान में रखकर करती है, जैसे बच्चों की शिक्षा, बड़ा घर, सेवानिवृत्ति आदि। लेकिन प्रेयसी वर्तमान को महत्त्व देती है।

सामान्य व्यक्ति भविष्य के बारे में कम सोचता है, क्योंकि अज्ञात भविष्य के लिए वह वर्तमान को गिरवी नहीं रखना चाहता।

एक जवान विधवा, जो बड़ी मुश्किल से पेट भर पाती थी, मुझसे बोली, "हमने उस समय भविष्य के बारे में ज्यादा न सोचकर जो भी निर्णय लिये, वे ठीक ही थे। यदि हम आज तक रुकते तो बहुत देर हो जाती।"

सेक्स संबंधी

मेरे माता-पिता ऐसा कोई कार्य नहीं करते थे, जिसका बुरा प्रभाव हम पर पड़े। मेरी माँ ने तो कभी स्त्री-पुरुष संबंधों के महत्त्व के बारे में सविस्तार से बताने की भी नहीं सोची थी।

साँस लेने, खाना पचने की भाँति सेक्स भी स्वाभाविक क्रिया है। आधुनिक तरीके से सेक्स संबंधी दी जानेवाली शिक्षा की मैं विरोधी हूँ।

कुछ स्त्रियाँ इसका प्रयोग हथियार के रूप में करती हैं और वह अपने पति से जो चाहती हैं, करवा लेती हैं। प्यार कोई ऐसा विषय नहीं है, जिसके बारे में पुस्तक में लिखा गया हो या कोई उसके सिद्धांत बनाए गए हों। वह तो स्वाभाविक है।

आधुनिक युग में वैवाहिक मार्गदर्शन करनेवाली अनेक संस्थाएँ खुली हैं। यदि वैवाहिक जीवन में कोई कमी होती है तो पति-पत्नी वैवाहिक सलाहकार से परामर्श ले सकते हैं। पति-पत्नी का मनोमिलन जितना अच्छा होगा, उतना ही उनका वैवाहिक जीवन सुखी एवं संपन्न होगा।

सेक्स के लिए शिक्षा की अपेक्षा आंतरिक भावना आवश्यक है। जिस प्रकार ईव, एडम की ओर आकर्षित हुई थी, उसी प्रकार प्रेयसी

स्वयं स्फूर्ति से प्रियकर की ओर आकर्षित होती है। उसके लिए कोई आदर्श या नियम नहीं होते।

वैवाहिक जीवन संबंधी

सभी नवविवाहित दंपती कुछ नया करने के शौकीन होते हैं। ज्यादा जानकारी न होने पर भी वे उत्साही होते हैं और उन्हें विश्वास होता है कि उन्हें काम में सफलता मिलेगी।

नौसिखिया हर चीज नियमानुसार करना चाहता है। जैसे नौसिखिया बावर्ची हर चीज रेसिपी के अनुसार करता है और कुछ भी कम-ज्यादा हो जाने पर गड़बड़ा जाता है, इसके विपरीत, कुशल बावर्ची रेसिपी बिना देखे सब चीजें बना देता है।

एक विवाहित स्त्री घर अच्छी तरह चलाती है, सभी से अच्छे संबंध रखती है और सामाजिक जीवन जीती है। यदि पत्नी उपर्युक्त का पालन ठीक से नहीं करती है तो उसे प्यार नहीं मिलता है।

बुद्धिमत्ता संबंधी

एक बुद्धिमत्ता पत्नी अपनी पसंद के अनुसार काम करती है, जिसका अच्छा और बुरा परिणाम परिवार पर होता है। बुरा परिणाम पड़ने पर पति-पत्नी के संबंधों में निरसता आ जाती है, जिससे मतभेद पैदा हो जाते हैं।

मैंने कई स्त्रियाँ देखी हैं, जो खेत में काम करने, लकड़ी बीनने, घरों में नौकरानी का काम करने के साथ ही बुद्धिमत्ता से अपना घर भी चलाती हैं।

कई वर्षों से विवाहित महिलाओं से मेरी मित्रता है। मैंने कई बार उनसे स्त्री-पुरुष संबंधों पर चर्चा की और देखा कि कई विषयों पर उनके व मेरे विचार समान थे। मैं जानता हूँ कि पत्नी और प्रेयसी दोनों

के अनुभवों में समानता होती है। वे केवल अलग-अलग मार्ग अपनाती हैं, लेकिन एक ही निर्णय पर पहुँचती हैं।

पत्नी चाहे कितनी भी सुंदर और जवान हो, उसका कुशल गृहिणी होना आवश्यक है।

□

24
सुखी दांपत्य जीवन

सुखी दांपत्य जीवन व्यतीत करनेवाले दंपती इस बात से अवश्य सहमत होंगे कि वैवाहिक जीवन को सफल बनाने के लिए समय और ऊर्जा दो महत्त्वपूर्ण पहलू हैं। लेकिन मैं ऐसे कई जोड़ों से मिला और देखा, जो किसी भी काम का परिणाम तुरंत ही प्राप्त करना या उसके बारे में जानना पसंद करते हैं और ऐसा न होने पर उनका मोह कम हो जाता है। ऐसी मानसिकता रखनेवाले व्यक्ति विवाह को भी एक व्यर्थ की बात समझकर विवाह न करने का निर्णय ले लेते हैं।

खुशमिजाज दंपती अपने दांपत्य जीवन के संबंधों में विभिन्नता लाते रहते हैं और हमेशा अपने दांपत्य जीवन को तरोताजा और मधुर बनाए रखते हैं। उनके साथ काम करते हुए मैंने पाया कि उनके सफल वैवाहिक जीवन के पीछे निम्नलिखित 10 बातें प्रभावी रहती हैं—

1. **अच्छे रिश्ते बनाने से बनते हैं :** हम में से ज्यादातर लोगों की मानसिकता यही होती है कि प्यार भावुक होता है, जो कि हमारे नियंत्रण से बाहर होता है। यही कारण है कि हम निर्णय करके या जोर-जबरदस्ती करके, प्यार को नहीं पा सकते, बल्कि हमें किसी के प्रति अपने आप प्यार हो जाता

है, जिसका पूर्व में हमको अहसास भी नहीं होता और न ही इसके बारे में कोई जानकारी होती है।

लेकिन यह भी कहा है कि प्यार के प्रतिफल को बरकरार रखना है तो सबसे पहले हमें अपने प्रेमी या प्रेमिका की पसंद और नापसंद इच्छाओं पर सबसे ज्यादा ध्यान देने की जरूरत होती है। दूसरी बात, हमें उपर्युक्त कथन के अनुसार ही काम करना चाहिए। संबंधों की गुणवत्ता इस बात पर निर्भर करती है कि सुख और दुःख के समय पति-पत्नी एक-दूसरे के साथ किस प्रकार का व्यवहार करते हैं? वैवाहिक जीवन कभी भी गतिहीन नहीं होता, अर्थात् या तो वैवाहिक जीवन का विकास होता है या क्षीण होता जाता है। खुशहाल दंपती यह बात भली-भाँति जानते हैं कि उनके मध्य जो प्यार बना हुआ है, उसको कायम रखना उनकी अपनी ही जिम्मेदारी है। इसी बात को ध्यान में रखते हुए अपने प्यार को हमेशा स्थायी और चिरस्थायी बनाए रखनेवाले पति-पत्नी सक्रिय हिस्सेदार होते हैं।

2. **प्यार को आसानी से नहीं मिटाया जा सकता :** लगभग सभी विवाहित जोड़े गुप्त रूप से इस बात को लेकर भयभीत होने लगते हैं कि एक दिन उनके संबंध अस्थिर और शिथिल हो जाएँगे। जबकि हकीकत में ऐसा कुछ भी नहीं है, क्योंकि प्रेम कभी नहीं मरता, अर्थात् प्रेम अजर-अमर है, प्रेम का कभी भी अंत नहीं होता।

हाँ, इसकी कमी हमको तब महसूस होने लगती है, जब हमारे मन में अन्य विचारों का ग्रहण लग जाता है। दूसरे शब्दों में यह भी कहा जा सकता है कि जब हम अपने मन में किसी बात को लेकर चिंतित होने लगते हैं और हम

अपनी गृहस्थी पर पूरा ध्यान नहीं दे पाते, ऐसी परिस्थिति में उपर्युक्त स्थिति पैदा होती है। वैवाहिक जीवन में जब इस प्रकार की स्थिति पैदा होने लगती है, तो ऐसी परिस्थिति में पति-पत्नी को एक साथ मिलकर इन समस्याओं का समाधान करना चाहिए। ऐसा करने से पति-पत्नी को आहत और निराकरण का मास्क हटाने में सहायता मिलती है और एक-दूसरे के विचारों को भी भली-भाँति पहचानने में सहायता मिलती है। लेकिन मधुर और खुशमिजाज दंपती ये बात अच्छी तरह जानते हैं कि उनके वैवाहिक जीवन में घिर आए समस्याओं के बादल कुछ ही दिनों में छँट जाएँगे और उनके वैवाहिक जीवन में फिर से खुशियाँ आएँगी। ऐसा महसूस करते हुए वह उन सभी चेतावनियों को स्वीकार कर लेता है, जो कि अन्य लोगों के दांपत्य जीवन में कलह पैदा कर देती हैं।

3. **विवाह सभी समस्याओं का हल नहीं है :** विवाह का प्रतिफल इतना अधिक सराहनीय माना जाता है कि आम लोग ऐसा विश्वास करते हैं कि विवाह पुराने जख्मों, चाहे वह बचपन के हों या पूर्व प्रेम के, को ठीक करने में मरहम का काम करता है, लेकिन मात्र विवाह कर लेने से ही व्यक्तिगत समस्याओं का हल नहीं हो जाता। इस बात से भी कोई फर्क नहीं पड़ता कि आपका दांपत्य जीन कितना मधुर एवं सुदृढ़ है! आप और आपकी पत्नी के एक ही सूत्र में बँधने से पहले अलग-अलग पहचान थी।

जब हम अपने साथी से यह अपेक्षा करते हैं कि वह मेरे स्वाभिमान को बढ़ाए या वह मेरी कमजोरियों को नजरअंदाज करे और अगर इसके विपरीत होता है तो हम निराश हो जाते

हैं, इससे हमारे दांपत्य जीवन में मुश्किलें बढ़ने लगती हैं। हमें स्वयं अपने प्रति जिम्मेदार होना चाहिए।

खुशहाल दंपती यह बात अच्छी तरह से जानते हैं कि खुशहाल जीवन बिताने के लिए हमें आपसी संबंध मधुर बनाना सीखना चाहिए, एक-दूसरे की भावनाओं, इच्छाओं की कदर करने की कोशिश करनी चाहिए। ऐसा न करने पर पति-पत्नी कभी भी एक-दूसरे के बनकर नहीं रह सकते।

4. **प्यार एक स्वीकृति है :** हम अकसर यह विश्वास करते हैं कि हम प्यार से आपस में एक-दूसरे (पति-पत्नी) के व्यवहार में परिवर्तन ला सकते हैं। हम अपने जीवनसाथी की बुरी आदतों पर परदा डालने की कोशिश भी करते हैं, लेकिन इस प्रक्रिया में हमारा उन अच्छाइयों से भी भरोसा उठ जाता है, जिनसे वह हमारा प्रिय बना।

जब हमारा जीवनसाथी हमारी बात मानने को तत्पर रहता है तो हमें इस बात का भी ध्यान रखना चाहिए कि कहीं वह इसमें किसी प्रकार का दबाव तो महसूस नहीं कर रहा है!

वास्तव में सुखी दंपती प्यार के सही मतलब को समझते हैं। वह यह अच्छी तरह से जानते हैं कि हमें अपनी जीवनसाथी की भावनाओं की भी सम्मान भाव से कदर करनी चाहिए।

5. **प्रेमी 'माइंड रीडर' नहीं होते :** प्यार के बारे में एक बड़ी ही अनोखी बात यह है कि हमको यह पता नहीं चलता कि कब, कहाँ और कैसे कोई हमारे सपनों, विचारों और दिलो-दिमाग में रच-बस जाता है! जब तक हम एक सफल 'माइंड रीडर' नहीं बन जाते, तब तक हमको यह पता लगाना मुश्किल हो सकता है कि सामनेवाला व्यक्ति क्या सोच रहा है या क्या महसूस कर रहा है, जब तक कि वह खुद ही आपको न बता

दे। ठीक इसी प्रकार आपके मन की बात को सामनेवाला नहीं जान पाएगा कि आप क्या सोच रहे हैं या आप क्या कहना चाहते हैं? यही कारण है कि जब पति-पत्नी एक-दूसरे के मनोभावों, आचरण को समझने में असमर्थ होते हैं तो हम उदास, निराश हो जाते हैं या फिर विश्वासघात करते हैं।

लेकिन इस बात का अनुमान लगाना तर्कसंगत नहीं है कि दंपती के मन में क्या-क्या विचार आ रहे हैं तथा कौन से विचार उनके स्वभाव को प्रभावित कर रहे हैं? लेकिन वे दंपती, जो एक-दूसरे की भावनाओं को समझते हैं, वे यह भी जानते हैं कि ऐसे हालात पैदा करने के लिए दोनों ही लोग बराबर के जिम्मेदार होते हैं।

6. **अच्छे संबंध कायम रखने के लिए समय-समय पर विचारों और व्यवहार में बदलाव लाना चाहिए :** ज्यादातर दंपतियों को यही विश्वास रहता है कि अटूट संबंध वर्षों तक कायम रह सकते हैं। जबकि सच्चाई यह है कि हमारे वैवाहिक संबंधों में कभी भी अपरिहार्य कारण पैदा हो जाते हैं, उनके बीच में दरारें पैदा हो ही जाती हैं। लेकिन वे दंपती, जो अपनी हठधर्मिता के कारण अपने दांपत्य जीवन में किसी प्रकार का बदलाव नहीं लाना चाहते और ऐसी सोच रखते हैं कि यदि हम अपने विचारों और व्यवहार में बदलाव लाते हैं तो उनके वैवाहिक जीवन पर बुरा प्रभाव पड़ेगा, ऐसे दंपती अन्य दंपतियों की अपेक्षा ज्यादा परेशान रहते हैं।

अपने वैवाहिक जीवन को हमेशा मधुर और तरोताजा रखनेवाले दंपती अपने जीवन में आनेवाले उतार-चढ़ावों के प्रति सकारात्मक रवैया रखते हुए उनका स्वागत करते हैं। हमेशा यह विश्वास रखना चाहिए कि हमारे बीच पति-पत्नी

के संबंध बहुत ही प्रगाढ़ और सुदृढ़ हैं और एक-दूसरे के पक्के विश्वासपात्र भी हैं। उपर्युक्त बातों को यदि अमल में लाया जाए तो हमारा दांपत्य जीवन बहुत ही आनंददायक और चिरंजीवी होगा।

7. **विश्वासघात प्यार के लिए एक जहर है :** विश्वासघात दांपत्य जीवन को नरक बना सकता है। अगर हमारी पत्नी को हमारे किसी अन्य स्त्री के साथ संबंधों के बारे में पता नहीं है तो इससे हमारे वैवाहिक जीवन पर अधिक असर नहीं पड़ेगा, लेकिन यह बात कभी-न-कभी अवश्य उजागर होगी और यहीं से पति-पत्नी के संबंधों में जहर घुलना शुरू हो जाता है।

जब हम अपने वैवाहिक बंधनों का आदर करते हैं तो हम खुद को भी गौरान्वित महसूस करते हैं और जब हम अपने दांपत्य जीवन में एक-दूसरे के प्रति कपटपूर्ण व्यवहार करते हैं तो हमारा चरित्र भी दोषपूर्ण हो जाता है। जब तक हम स्वयं से प्यार नहीं करेंगे, तब तक हम दूसरे से भी प्यार नहीं कर सकते। अत: किसी को प्यार करने से पहले हमें खुद से प्यार करना आना चाहिए।

8. **प्यार को दोष न दें :** विवाह से पहले हम में से ज्यादातर लोग यह समझते हैं कि वैवाहिक जीवन को बड़ी आसानी से बिताया जा सकता है। यदि विवाह के पश्चात् सभी बातें हमारी इच्छानुसार हो रही होती हैं तो हम समझते हैं कि यह सब मेरे द्वारा किए गए सही जीवनसाथी के चुनाव के कारण हो रहा है और अगर हमारी इच्छाओं के प्रतिकूल होता है तो हम सोचते हैं कि हमने सही जीवनसाथी का चुनाव नहीं किया है।

विवाह के बाद यदि हमारा वैवाहिक जीवन मधुर नहीं हैं तो हम अपने जीवनसाथी को दोषी ठहराते हुए कहते हैं कि यदि आज मेरी यह स्थिति बनी है तो सिर्फ तुम्हारी वजह से है। तुम्हारे कारण मेरा जीवन नरक बन गया है। इस तरह की स्थिति होने से हमारा वैवाहिक जीवन बिखर जाता है।

पति-पत्नी द्वारा एक-दूसरे को दोषारोपित करना बहुत आसान होता है और इसका उन्हें खामियाता भी भुगतना पड़ता है। लेकिन मेरी राय यह है कि पति-पत्नी को एक-दूसरे को दोष न देकर उन कारणों का समाधान करने का प्रयत्न करना चाहिए, जिनकी वजह से उनके वैवाहिक जीवन में संकट पैदा हो रहा है।

कभी भी अपने आप को दोषों के जाल में नहीं फँसने देना चाहिए। अपने दांपत्य जीवन में हमेशा सकारात्मक रवैया अपनाना चाहिए। ऐसी कल्पना करने पर आपके दांपत्य जीवन में कभी भी कठिनाइयाँ नहीं आएँगी।

9. **प्रेम स्वार्थहीन होता है :** परिपक्व प्रेम के लिए 'एक हाथ दें-दूसरे हाथ लें' के समीकरण की आवश्यकता होती है। स्वैच्छिक निस्स्वार्थहीनता ही प्रेम का सार है।

सच्चा प्रेमी हमेशा अपनी पत्नी की आवश्यकताओं को प्राथमिकता देने का प्रयत्न करता है तथा वह प्यार लेने की अपेक्षा प्यार देने में ज्यादा विश्वास करता है।

प्यार एक संक्रामक रोग के समान होता है। यह बढ़ाने से और बढ़ता जाता है, लेकिन दांपत्य जीवन में इसके प्रति सचेत रहने की परम आवश्यकता है। आपको अपने जीवनसाथी के साथ इस कदर भी प्रेम नहीं करना चाहिए कि वह इसका गलत फायदा उठाए। सुखी वैवाहिक जीवन उसे

ही कहा जाता है, जिसमें पति–पत्नी एक–दूसरे को शत–प्रतिशत प्यार करें।

10. **प्यार माफ कर देता है :** सभी दंपतियों में आपस में नोक–झोंक होती ही रहती है, लेकिन इसमें अकसर या तो हम एक–दूसरे को माफ कर देते हैं और अगर ऐसा नहीं करते तो आपस में नाराजगी धीरे–धीरे बढ़ती ही जाती है। अपनी भावनाओं को कुचल देने से या दिमाग से निकाल देने मात्र को माफ करना नहीं कहा जा सकता, क्योंकि इससे न तो हमारे जीवनसाथी के व्यवहार में कोई परिवर्तन आता है और न ही इससे आपसी झगड़ों का समाधान हो पाता है। माफ करना अपने आप में एक बड़ी बात है तथा आपसी रिश्तों को दोबारा जोड़ने के लिए तो यह एक महत्त्वपूर्ण कारक है।

अंतिम निष्कर्ष के रूप में यह कहा जा सकता है कि प्यार करने का सबसे महत्त्वपूर्ण नियम यह है कि दंपतियों को आपस में इस तरह का व्यवहार करना चाहिए, जिससे कि दोनों के व्यक्तित्व, प्रतिष्ठा तथा सत्यनिष्ठा में बढ़ोतरी हो। जब आप स्वयं को अच्छा महसूस करने लगते हैं तो स्वयं में आत्मविश्वास जाग्रत् होने लगता है। प्यार के लिए आत्म–संतोष तथा सुखी दांपत्य जीवन जीने के लिए प्यार परम आवश्यक है।

□□□